GENTOSHA
OUTLAW
BUNKO

女医

藍川　京

女医

女医＊目次

第一章　闇への扉　7
第二章　獣の儀式　50
第三章　会員制サロン　92
第四章　ジェラシー　133
第五章　屈辱指令　170
第六章　姦計　206
第七章　哀しい再会　243
第八章　愛人志願　281

第一章　闇への扉

I

御殿と呼ばれている宇津木医院《うつぎいいん》でも特に豪華な特別室は、本館とは渡り廊下で繋《つな》がっていた。

その独立した建物には診察室もついており、婦人科の内診台まで揃っていた。女性患者が入院した場合に必要になることがあるということで備えてあるが、診察台として使われることはほとんどなく、女をいたぶる猥褻《わいせつ》な台として使われるのが常だった。

内診台には二十三歳になる看護婦の千鶴《ちづる》が載せられ、足台に載った脚は革ベルトで、両手も内診台の側面に固定されていた。

「千鶴のオ××コは飽きるほど見てきたが、いつ見てもスケベな生殖器だ。見られるだけで花びらとオマメがぽってりしてきて、ぶっとい奴をくれと言うように、入口がひくついて、まったく女というのは上品な顔をしていてもメスにかわりはないもんだな。すぐにぬるぬるを出して男のチンポを咥《くわ》えたがる」

宇津木院長の破廉恥《はれんち》な言葉に身悶《みもだ》えした千鶴は、拘束されている脚を動かそうとした。千鶴は桜の花びらのような色の淡いナースウェアを着ていた。下半身だけ剝《む》き出しになり、当然のことのように、腹部まで捲《まく》れ上がっていた。

東北生まれのつるつるした白い太腿《ふともも》が、大きくくつろげられただけピンと張っている。そのあわいで、すっかり翳《かげ》りを剃《そ》り取られた肉饅頭《にくまんじゆう》がパックリと口をあけ、ぬめついた鮮紅色《せんこうしよく》の器官を晒《さら》け出していた。

「オ××コだけじゃなくケツの穴までひくついて、早く太い奴をぶち込んでくれと言っているようで、まったくスケベな看護婦だ」

検査入院しているはずの奥原忠助《おくはらただすけ》は、宇津木と並んで千鶴をにやにやと眺めていた。

地方の資産家でもあり、奥原建設の取締役社長である忠助は、宇津木の高校時代の後輩で二歳年下の五十八歳、宇津木医院建設の施工業者でもあった。

学生時代から親の財力で好き勝手なことをしてきたふたりは、高校時代に柔道部の先輩後輩の関係になったときから馬が合い、以後、悪友として固い絆《きずな》で結ばれていた。

宇津木医院を建て直すとき、この離れの特別室の建設を提案したのは奥原だった。宇津木はすぐに話に乗った。

二十四時間、いつでも堂々と淫《みだ》らなプレイのできる完全防音設備の整った館は、病院の特別室という名の下に、限られた者しか出入りを許されず、あらゆる痴態が繰り広げられる男の御殿だった。

宇津木医院には美貌《びぼう》の看護婦しかいないが、千鶴はなかでも肌の白さと嗜虐《しぎゃく》の血をそそる雰囲気はずば抜けていた。

どの看護婦にも宇津木は手を出していたが、千鶴は奥原にも目をつけられ、検査入院と称して特別室に入ってくるたびに、担当看護婦として破廉恥な生贄《いけにえ》にされていた。

「俺は建築屋より医者がいい。医学部の方がよかったかもしれない。選択肢を誤った」

「医者は私だけでいいじゃないか。おまえが建築屋の社長だから、こうやって人に言えない立派な御殿の建設も頼めたんじゃないか。信用のないほかの会社に頼めるもんか。おまえと知り合ったことで、俺は人生を二倍も三倍も楽しんでるつもりだ」

「有名な宇津木医院の院長にそう言ってもらえるとは、名誉なことだ。俺も人生を何倍も楽しめることになったからな。ヘンタイ医者に乾杯だ」

奥原の言葉に、宇津木はクックッと鼻で笑った。それから膣鏡のスペキュラムを取って、ピンク色にぬめり輝く千鶴の秘口に、ペリカンの嘴《くちばし》に似た銀色の器具を押し入れた。

「ヒッ！」

診察の時には人肌にあたためて使われる器具をそのまま挿入されたことで、千鶴の内腿はキュッと締まり、総身がそそけだった。

「院長は婦人科じゃないのに、女のオ××コに何かを入れるのは手慣れたもんだ。婦人科に鞍替えした方がいいんじゃないのか」

「鞍替えしなくても、こうして毎日十分過ぎるほど眺められるさ。それに、医者というのは専門以外もひととおり勉強してきてるんだ。素人《しろうと》というわけじゃない」

宇津木は膣鏡のネジを回して、嘴を広げていった。

「くううっ……いや」

喘《あえ》ぐ千鶴が拳《こぶし》を握った。

「もっとだろう？ これはいちばんでかいオ××コ用で、たっぷり広がるぞ。もっと広げてほしいんだろう？ そして、奥の奥までようく見てほしいはずだ」

宇津木はネジを回し続けた。ペリカンの嘴は、鮮やかなパールピンクの膣ヒダを容赦なく押し広げていった。

美しい眉間《みけん》に皺《しわ》を寄せた千鶴は、切なげに濡《ぬ》れた唇をひらいて喘ぎを洩らした。何度繰り返されても、診察目的ではない、いたぶりのための行為は、屈辱的で恥ずかしい。

息を呑むほど贅沢《ぜいたく》な宇津木医院に勤務が決まったときは、周囲に羨望《せんぼう》の目を向けられ、給料などどうでもいいと思うほど千鶴は嬉《うれ》しかった。

それが、勤めはじめると同時に宇津木は紳士から野獣へと豹変《ひょうへん》した。力ずくで犯されたあと、この特別室の担当にされ、検査入院でやってくる健康な男たちの嬲《なぶ》りものにされ、女としてではなく、メスとして扱われてきた。

幾度も逃げようと思ったが、敷地内のスタッフ専用の部屋に住んでいるために逃亡もままならず、すんでのところで捕らえられては、徹底的な辱《はずかし》めを受けることになった。

今ではこうして恥辱にまみれて身悶えしながら、躰《からだ》が火照《ほて》り、びっしょりと濡れるようになっている。心と躰が別々のように感じることもあれば、口からどんなに男を拒む言葉が洩れようと、それは本心ではないと感じてしまうこともあった。千鶴の躰は破廉恥な行為や言葉に反応して、いやが上にも燃え上がるようになってしまった。

「はああっ……そんなに……ああ、いや……それ以上……くううっ……ああ、それ以上だめ……許して」

容赦なくじわじわと肉ヒダを広げていく器具に、千鶴はいっそう深い皺を眉間に刻んだ。

「ガキだって出てくるところだ。オ××コはいくらでも伸びるようになってるんだ」

千鶴の喘ぎはオスをそそる。この切なげな喘ぎが股間のものを奮い立たせ、嗜虐の血を熱くする。

「院長、特別室の患者にサービスするのがここのモットーだろう？　なんせ、目ん玉が飛び出るほどの高額な差額ベッド代を払ってるんだ。その椅子、俺に譲ってくれてもいいじゃないか。これを見てくれ」

奥原はパジャマにテントを張っている漲《みなぎ》った股間を隠そうともせず、宇津木に腰を突き出した。

「どうせ千鶴はおまえに二十四時間つきっきりの担当看護婦だ。たっぷりムスコの世話もしてもらえばいい。夜は長い。あとで飽きるほど、いたぶればいいじゃないか」

「夜は夜。今は今。こないだの話だと、これが千鶴をいたぶる最後になるかもしれないし、だいいち、ここの差額ベッドは、一時間あたりいくらだと思っているんだ」

「この大不況のときにも呆《あき》れるほど儲《もう》かっているくせに、細かい奴だ。ここに来て異常が見つかったことはないという鉄のように頑丈な奴だから、まあ精力も並じゃないのはわかるがな」

宇津木は内診台の前に置かれた椅子を奥原に明け渡した。それに座ると、目の前が露《あら》わな女の器官になる。椅子に座った奥原は、器具を押し込まれて広げられた秘口に顔を近づけただけで荒い鼻息を洩らした。

「男って奴は、どうしてオ××コにモノをぶち込むだけでこんなに興奮するんだろうな。ムスコもぶち込みたい。玩具《おもちゃ》もぶち込みたい。何でもいいからぶち込んでみたくなる」

奥原はさらにネジを回しながら、千鶴の洩らすあえかな喘ぎに股間をひくつかせた。

「男はぶち込んで興奮し、女はぶち込まれることで興奮する。チンポコも入れてほしけりゃ、バナナやキュウリをぶち込んでほしいと思うこともあるだろうな。こいつは婦人科の道具であると同時に、いかがわしい店や通信販売でも売っているし、破廉恥なプレイで使う道具ともなっている昨今だ。千鶴はこいつでオ××コを玩《もてあそ》ばれて躰を熱くしてるみたいだ。太腿がピンク色になってきた。いやだいやだと言いながら、まったくスケベな女だ」

表向きには千鶴は結婚のために退職するということになっていたが、千鶴を気に入った特別室の入院患者、ある実業家のたっての願いで、明日にでも売り渡されることになっていた。

宇津木がこのメス奴隷を一千万円以下で売り渡すことにしたのは、もうじき極上の女がやってくることになり、その女に比べれば千鶴は手放しても惜《お》しくない女でしかなくなったからだ。

「あう……もう許して……ヒッ！」

精いっぱい秘口をくつろげられた千鶴は、子宮の奥に向かって唐突に息を吹き込まれ、悲鳴を上げて皮膚を粟立《あわだ》たせた。

奥原はうっとりするほどきれいで淫らなピンクの内ヒダを覗き込み、独立した生き物のようにさらに肉柱をひくつかせた。

「院長、特大のバイブをくれ。ペリカンのかわりにオ××コにバイブを突っ込んで、後ろにも太い奴をぶち込んで、鼓膜が破れそうなほど大きな千鶴の叫び声を聞いてみたい」

「いやあ！」

尻を左右に動かし、足台の脚を引っ張ろうとする千鶴に、奥原はますます興奮し、荒々しく肩を喘がせた。

宇津木は腕のように太くて黒いバイブと、小さな団子を重ねて突き刺したようなアナル用のバイブを用意した。

奥原は秘芯から膣鏡を引き出した。秘口は大きく広げられたあとだけに、器具を抜いてもぽっかりとぬめった空洞をつくっていた。

「今夜はケツもたっぷりと可愛がってやるんだな」

「そのために、これからこの診察台でじっくりとマッサージしてやるんじゃないか。俺のムスコは特大だからな」

何度もアナルコイタスをした千鶴の菊の花にゼリーを塗り込んで、奥原は指で菊皺《きくしわ》を揉《も》みほぐしはじめた。それから、アナル用のバイブを押し込んだ。

「くっ……あう」

直径三センチほどの団子が菊口を通り過ぎて直腸に押し込まれていくたびに、千鶴は胸と顎《あご》を突き出して汗を噴きこぼした。

アナルをいたぶるバイブがすっかり菊口の奥に沈んでしまうと、奥原は女の手首ほどある黒いバイブを手にして、ねじるようにして秘口に押し込んでいった。

「くううう……い、いや……あああああ」

すでに後ろにバイブを押し込まれているだけに、極太の玩具をヴァギナに挿入されはじめると、千鶴は息が止まりそうになった。

(私の躰は男たちの玩具でしかないの……躰全部が性器になってしまうの……こんなことをされると……おかしくなる)

いたぶられればいたぶられるほど、千鶴は熱くなっていく自分が悲しかった。

押し込まれた前後のバイブを、ふたりの男たちが同時にゆっくりと動かしはじめた。

「ヒイッ……」

千鶴の躰が内診台でのたうちはじめた。

2

贅沢な個室を持つ個人病院として有名な宇津木医院の敷地は、公園のように広々としていた。前庭の噴水が白い飛沫《ひまつ》を上げている。その傍らで、数羽の鳩《はと》がのんびりと羽根を休めていた。

病院というより、格式のあるホテルと見まがいそうな庭園と三階建の建物だ。各室に広めのバルコニーがついており、屋上は緑で覆われている。

屋上庭園があるとは聞いていたものの、病院の外見のあまりの豪華さに、朝比奈春華《あさひなはるか》は息を呑んだ。

「いかがです。気に入っていただけるでしょうか。朝比奈先生ほど優秀な成績で医学部を卒業なさった有能な女医さんなら、全国の病院からも引く手数多《あまた》だったことでしょうが、うちに勤めていただくことになって、院長の悦《よろこ》びもひとしおです」

春華をベンツで駅まで迎えに行き、無事に病院まで辿《たど》り着いた総務部長の江田信宏《えだのぶひろ》は、二十五歳の春華の倍ほどの歳だが、実直か卑屈かわからないほど腰が低かった。

春華は女医になってまだ一年足らず。これから経験を積んでいかなければならない。医学部を卒業してから勤めた大学病院でも、年輩の看護婦に教えられることが多かった。

そんな春華が、大学の先輩であり医師会でも幅を利《き》かせている宇津木俊典《としのり》の目にとまり、是が非でも自分の病院に来てくれと働きかけられるようになったのは、三カ月ほど前だ。

示された給料は、雇われの身では十年経《た》っても稼げそうにないほど多額だった。

しかも、春華を迎えに来たベンツは、宇津木が春華に示したその高額な給料の一年分でも買えないほど高価なものだった。

「病院という感じがしませんね……」

春華は心細くなった。

勤めていた大学病院から宇津木医院のある水輝市《みずきし》まで、やや距離がある。毎日の勤務に追われていた春華は、下見をするための時間もなく、豪華な病院らしいということを看護婦たちから聞いたり、古参の医師たちから、医者にとっても患者にとっても理想の病院だろうなどと言われ、それほど知名度のある病院なら大丈夫だろうと判断した。

宇津木医院に勤めることにしたのは、けっして高給に魅せられたわけではなく、ゆったりと時間をとって診察し、患者のプライバシー保護にも努めていると言われたからだ。

まるで人口密集地帯のような大学病院の待合室。何時間も待たせてわずか数分の診察。患者が多すぎるせいか、人権を無視したような扱い。患者との話だけでなく診察内容さえ他の者に筒抜けだ。

医者のくせに、春華は患者にはなりたくないと思っていた。ベルトコンベアに載せられた品物のように扱われてしまう自分を想像すると、嫌悪感と屈辱感に苛《さいな》まれてしまう。

小学校のときから目立つ存在だった春華は、理知的な美貌とずば抜けた才能によって、男たちばかりでなく、女たちからも羨望の的だった。

医学部に入学してからは、将来医者になる男たちだけでなく、医学部の教授たちからも、ひそかな誘いを受けることが多かった。卒業して大学病院に勤めると、医者ばかりでなく、患者たちからも憧憬《しょうけい》のまなざしを向けられるようになった。それだけに、春華はいつも周囲を意識していなければならず、肉体より精神的に疲れ果てていた。

宇津木医院は個人病院ということもあり、予約制で患者の数が限られており、丁寧な治療に専念しているという。若い医師にどんどん院内に新しい息吹を吹き込んでほしいという熱心な誘いが続くと、春華は宇津木医院に理想を夢見るようになった。

だが、目の前の建物は他の病院と落差がありすぎて、春華には威圧的ですらあった。

「私はまだ未熟です。こんな立派な病院に、私など場違いかもしれませんね……」

「何をおっしゃいます。朝比奈先生は大学病院で堂々と診察しておいでだったと院長から聞いております。医師として生まれてくるべきお人だったのだろうと、院長はたいそう先生をお誉《ほ》めでございました」

江田は慇懃《いんぎん》に頭を下げると、春華を院内へと案内した。

カーペットではなく絨毯《じゅうたん》敷きのロビーは、高級ホテルとしか思えない豪華さだ。

有名デザイナーによる看護婦のナースウェアは、薄いピンク、イエロー、ブルーの三色揃っている。曲線を描いた受付カウンターには、やさしいイエローのナースウェアを着た美しい女がいたが、患者の姿はなかった。

「大学病院なら、待合室はいっぱいで気の毒なくらいですけど、こんなに広いのに、患者さん、いらっしゃらないみたいですね……」

豪華なだけに、これで病院が成り立っていくのだろうかと、春華は不思議な気がした。

「ここは受付だけで、待合室は別室になっています。待合室は六室ありまして、和風、洋風、いろいろです。それぞれに庭もついていまして、診察まで、そちらでリラックスしていただくことになっています」

江田の言う待合室の一室を覗いた春華は、八畳ほどの部屋の大理石のテーブルに、抱えきれないほどの薔薇《ばら》が飾ってあるのを見て感嘆した。

この部屋専用の庭には芝生が青々としている。真ん中に煉瓦《れんが》が敷かれ、そこには白いテーブルと椅子が置かれていた。白いテーブルに載せられた真っ赤なベゴニアの鉢が鮮烈だ。

「和風をお好みの患者さんには畳のお部屋も用意してございますが、今、使っておりますので、他の部屋は後でご案内いたします」

「まさか、和風のお部屋には和風のお庭とか……？」

「はい、竹を植え、竹垣をこしらえ、丹波石《たんばいし》を敷き詰めたり、各室、それぞれ趣向が凝《こ》らしてございます。化粧砂利に松に灯籠《とうろう》の庭がお好みの患者さんが多ございますが、やはり年輩の方たちは落ち着きますんでしょうね」

春華は想像以上の贅沢さに目眩《めまい》がしそうだった。あらためて、とてつもないところに来てしまったと不安に苛まれた。

医者の家系ではないが、春華の家もけっして貧しくはなかった。ただ、父親の事業が失敗したあと、平均的な生活になった。その父も事故で他界し、優秀な春華は特待生として医学部の六年間を過ごし、授業料を免除される特典を得て女医になった。

医者の生活もピンからキリまであるのはわかるが、宇津木の生活は最高峰にちがいなかった。

(こんなところ、私には無理よ……)

春華はすでに入り口で気圧《けお》されていた。

「院長が首を長くしてお待ちかねです。あまり寄り道をしていると叱られます。先生がお着きになったことは、連絡してありますし、受付からも連絡を入れてあるはずです。さ、どうぞ」

江田に導かれ、春華は絨毯の敷き詰められた廊下を通って院長室へと向かった。

かすかに消毒液の匂いが鼻腔《びこう》に触れた。そのとき、ここが病院だと、春華ははじめて認識することができた。

3

「おう、やっと来てくれたようだ。朝比奈先生をここに迎えるまでは、はたして本当にうちに来てもらえるかどうか気がかりで、寸前になってほかの病院に奪われるんじゃないかと、夜もおちおち眠れなかった」

春華が到着したと御殿に連絡が入ってから、宇津木は千鶴へのいたぶりをさっさと中断し、わくわくしながら院長室に戻ってきた。

今ごろ御殿では、内診台から引きずり下ろされた千鶴が破廉恥に括《くく》られ、奥原の太い肉棒を突き刺されて声を上げているにちがいない。

「さあ、どうぞ。飲み物は何がよろしいかな。コーヒー、紅茶からアルコール類までたいてい揃っているはずだ。美容のためにジュースがいいなら、厨房《ちゅうぼう》に連絡して特製ジュースをすぐに作らせよう。オレンジ、メロン、その他、あまり珍しい果物でなかったら用意できるはずだ。飲み物だけじゃなく、うちの食事は高級レストラン並と評判がいいんだ。栄養士のほかに、腕のいいコックも入れてるからね」

二十畳近いと思われる広々とした院長室は、ヨーロッパから直輸入したという落ち着いた色彩の、揃いのキャビネットやローボード、書棚等が置かれ、カーテンにしろソファや大理石のテーブルにしろ、富豪の屋敷の一室といった趣《おもむき》があり、春華はいっそう萎縮してしまった。

小学校に入学してから医学部を卒業するまで常にトップを走り続けた春華を、いつも周囲は注目し、ときには近寄りがたい存在として眺め、女豹のようだと言う者もいた。学業だけでなく、スポーツも巧《たく》みだった春華は、てきぱきと仕事もこなした。

何十年も病院に勤めている看護婦の知識や体験にはかなわないと感じることがあったが、同期に卒業して医者になった男たちに負けるとは思わなかった。だが、並外れた豪華さをもつ宇津木医院は、二十五歳の若い女医を嘲笑《あざわら》っているようだ。

「どうしたんだ？　ちょっと疲れたのかな。診察してみようか」

「いえ……」

宇津木の言葉に春華は慌てた。

「なんなら、元気の出る飲み物を作らせよう。上等のローヤルゼリーや朝鮮人参をたっぷり入れた自然食、これはなかなか美容にもいい。気に入ってくれたら朝晩出すことにしよう。医者がこう言っちゃ何だが、できるだけ薬より自然のものがいい。江田君、厨房にジュースを頼んでくれ。お迎え、ご苦労だった。もういい」

傍らでかしこまっていた江田は、一礼して出ていった。

医学部の中でも成績優秀だった春華だけに、見るからに理知的な顔をしている。とくに、はっきりとした目と唇が賢そうで、やわらかな曲線を描いた眉《まゆ》の形もいい。つんと澄ましている女ではない。患者に愛想よく接しているのは宇津木が自分の目で確かめている。ただ、総身から漂っている生来の品格に、半端な男は気圧されて手が出せないだろう。

春華を狙っている者たちが大学病院にも数多くいたことはわかっている。独身の男は妻にと願い、妻帯者は愛人にと思ったはずだ。だが、宇津木は春華を妻でも愛人でもなく、最高級のメス奴隷に調教して楽しみ、御殿に入院したがる金のある患者に提供して喜んでもらうつもりで雇い入れた。

女医としての本来の仕事などどうでもいい。女医というより、女医の肩書を持った美貌のメス奴隷の方がここでは価値がある。

どうでもいい患者を診察する医者なら、ほかにいくらでも雇えばいい。

春華の価値は、医師であると同時に、若さと美貌と均整のとれた肉体を兼ね備えた魅惑の女であるということだ。春華は御殿の華麗な花にふさわしい。

ベージュ色の地味なニットのセーターを内から押し上げている乳房。小さくもなく大きすぎることもなく、ほどよく盛り上がったふくらみだ。腰もくびれている。タイトスカートから伸びた脚もスラリとして、足首は小気味よく引き締まっている。その足首から、太腿の狭《はざ》間《ま》に隠れている器官の締まり具合も想像できるというものだ。

前髪は少しだけ眉のあたりでカットし、背中まであるはずの細く艶《つや》やかなストレートの髪は、やや低めにひとつにまとめている。それが春華をいっそう利発的に見せている。飾り気のない髪が心憎いほど決まっているのは、掛け値なしの美人の証拠だ。

白い耳朶《みみたぶ》が美味《うま》そうで、息を吹きかけて口に入れたくなる。手足の自由を拘束して耳朶を嚙《か》んだとき、どんな喘ぎを洩らすのか……。

ほっそりした首を飾っているゴールドのネックレスについている小粒の宝石は、たいして高くないブルーサファイアあたりだろう。母子家庭で特待生。優秀だが金がないことはわかっている。これからは高価な宝石も与えてやるつもりだ。春華には安物は似合わない。そんな安物をつけるより、素っ裸でいた方が、よほど輝きが増すだろう。

「うちの病院、お気に召さなかったかな」

「いえ……あまりに豪華で……私などが勤めるところではないような……」

どっしりとソファに腰を据えている宇津木は、ときどきマスコミにも顔を出し、医療関係の質問に答えることもある世間慣れした医師だ。六十歳、ロマンスグレイの髪はまだ豊富だ。

皮膚の色艶はよく、顔の中心でどっしり居座っているような鼻が、いかにも精力的だ。高校、大学時代と柔道をやっていただけに、体格もよく、完全な健康体に見える。

「何だか、以前の朝比奈先生と違うようだ。やっぱり少々疲れているんじゃないかな。あんなに大勢の患者を毎日相手にしなければならない大学病院に勤めていたんじゃ、ストレスがたまるのは当然だ。有能な医師を疲れさせるなんて国家の損失だ。ここでは、けっしてあんな生活はさせないから安心したまえ。きみの部屋は特別室の方に決めさせてもらったよ。うちは検査入院の患者さんが多いから、気楽に勤務するといい」

服の下の春華を想像しながら、今夜にでもさっそく極上の肉体を味わってみたいと、宇津木は内心、舌なめずりしていた。

「やっぱり、ちょっと疲れてるかな？」

「ええ……もしかしたら……いえ、たいしたことはありません」

春華は自分の生活とあまりにかけ離れている空間に気疲れしていた。ここに来る金満家の患者にさえ気圧されてしまうのではないかと、珍しく弱気になった。

「疲れはよくない。だが、若い人の疲労などすぐに回復するだろう。私にまかせておきなさい」

宇津木は電話を取った。

「私だ。朝比奈先生のために厨房に特製ジュースを頼んである。疲れてるようだから、即効性のある奴でいきたい。準備してくれ」

受話器を置いた宇津木は、怪訝《けげん》な顔をした春華に、すぐに婦長が来るから紹介しようと言った。

十分ほどすると、薄いブルーのナースウェアに同色のナースキャップを被《かぶ》った婦長の尾沢《おざわ》洋子《ようこ》が、ステンレス盆を持ってやってきた。白い覆いがかかっている。

三十七歳、ベテラン看護婦だと、宇津木は洋子を紹介した。ショートヘアの洋子は目や口元がきりりとして、きびきびした女だとわかる。ナースウェアを着ていなければキャリアウーマンと思われるだろう。

「よろしく。みんなで朝比奈先生をお待ちしておりました。お疲れとか。でも、これがあればすぐに回復しますよ」

洋子がステンレス盆の覆いを取ると、若草色の液体を満たした二百ccの太いガラス浣腸器が載っていた。

「口からより、直腸に直接入れた方が吸収が速いからね」

目の前の浣腸器と、宇津木の言っている言葉の意味を悟った春華は愕然《がくぜん》とした。そして、全身が熱くなり、汗が噴き出した。

　人工栄養注入の手段としての浣腸があるのは、医師として当然わかっている。しかし、重病人でもない春華は、グラスで飲めば十分なはずだ。

「私、これから急ぎの用がありますので、またあとであらためてご挨拶いたします。では、院長、あとはよろしくお願いいたします」

　洋子は丁寧に会釈して出ていった。

「すぐに特製ジュースが効いて元気になるだろう。これはここだけの特効薬だ。看護婦たちが疲れた顔をしていたら、こいつをサービスしてやるんだ。今の婦長も効き目は納得済みだ。部屋には鍵をかけておくから、テーブルに手をついて尻を突き出してくれないか」

　医者としてやってきたばかりの春華にとって、いきなりの宇津木の言葉は驚きと同時に侮《ぶ》辱《じょく》でしかなかった。激しい羞恥《しゅうち》に総身が汗ばんだ。

「より効果的な行為を施してやろうという僕の行為を、まさか、断ったりはしないだろう？」

　ここの院長であり、医師会でも強い力を持つ宇津木の言葉に逆らえないと悟り、春華は羞恥に震えながらスカートに手を入れ、薄いストッキングごとショーツを太腿の方に下ろした。

　そして、半端な姿を恥じながら、胸を波打たせてテーブルに手をつき、尻を突き出した。

膝《ひざ》がぶるぶると震えだした。

子兎《こうさぎ》のように総身を震えさせている若き女医に唇を歪《ゆが》めた宇津木は、羞恥にひくつく可憐な後ろのすぼまりに、容赦なくガラスの嘴を押し込んだ。

「くっ……」

汚辱と後悔が春華を包み込んだ。

4

春華は院長室のテーブルに手をつき、ストッキングとショーツを膝まで半端に下げ、尻を突き出していた。その後ろのすぼまりに、太いガラス浣腸器の嘴が入り込み、宇津木院長の手によって、ピストンが押されていた。

上等のローヤルゼリーや朝鮮人参をたっぷりと使った特製ジュース。春華はグラスに入れて運ばれてくるものとばかり思っていた。それが、より速く体内に吸収されるためと言われ、最初から浣腸器に入れて運ばれてきたのを見たときは動転した。けれど、春華の立場は弱い。宇津木院長の医師会での権力などを考えると、恥ずかしい格好を強要されても、むげに断ることができなかった。

　このあと、宇津木の顔をまともに見ることなどできそうにない。患者にこんな半端な格好で浣腸を施すことはないし、今どき、ガラス浣腸器などめったに使わない。不自然すぎる。頭がおかしくなりそうだ。

「きみ、何科を選択するか、だいたい決めているのか」

　宇津木は屈辱に震えている美貌の女医をより辱めるために、わざとゆっくりとピストンを押しながら尋ねた。

「あう……」

　春華はじわじわと襲ってきた腹痛に顔を歪めた。

　腸の働きのいい春華は、その手の薬を飲んだこともなければ、浣腸の助けを借りたこともない。直接腸を刺激する異物に、すぐに粘膜が拒絶反応を起こしはじめた。

「最初会ったときは内科か小児科希望と言っていたが、ここで働く以上、できるだけ多くを選択するといい。きみはトップクラスの成績だったんだ。ひとつだけに絞らない方がいい。まあ、著名な専門医になるってことも考えられるが」

「ああっ……お腹が」

　汗ばみ、喘ぎながら、春華は顎を突き出した。

「うん？　痛いか」

「もう、やめて下さい……」

「慣れればなんてことはなくなる。むしろ、やめられなくなるぞ。もう少し我慢してくれ。あと半分だ」

掠《かす》れたような春華の苦痛の声に、宇津木はゾクゾクした。こんなジュースが腸ですんなり吸収されるはずがない。痛みを伴って当然だ。婦長の尾沢洋子に持ってきてもらったが、洋子も宇津木が手をつけている女だ。どちらかというとSっ気の強い女なので、今ここで何が起こっているか想像しながら、春華に嫉妬《しっと》しているかもしれない。それとも、ほくそえんでいるだろうか。

「もう……だめです……院長先生、お願いです……もう許して下さい」

痛みと排泄《はいせつ》の危機に、春華の乳房の間を汗がしたたり落ちていった。

「きみの腸は人一倍敏感なのかな。もう少しだ。少しでも吸収すればすぐに疲労はとれる。ほんのちょっとの辛抱だ」

春華が苦痛に喘ぐほど、宇津木は昂《たかぶ》った。この場で徹底的にいたぶってやりたい。春華の形のいい白い尻を思い切りひっぱたけば、どんな肉音がするだろう。

「よし、終わりだ。この浣腸器は二百cc用だが、ピストンがはずれるほどたっぷりと、そうだな、二百五十ccぐらい入ってたからな。しっかりと肛門に力を入れておくんだぞ」

ガラスの嘴を引き抜いた宇津木は、ほとんど同時にステンレス盆からアヌス栓を取って、すぼまりに押し入れた。

「あう！」

春華の口から悲鳴がほとばしった。

「すぐにトイレに行かれちゃ、せっかくの高級な栄養剤が台無しだ。ある程度、吸収してもらうまで、しっかりと肛門を塞《ふさ》いでおく。これも我が病院で考えた方法だ。栓にもいろいろな大きさがある。個人のアヌスの形態に応じて使い分ける。婦長はいちばん小さいのと、その次のを持ってきた。正解だったようだ。きみのアヌスはよく締まってる。いちばん小さい奴を使った」

アヌス栓をしっかりと押さえている宇津木は、左手にもうひとつの栓を持ち、肩で喘いでいる春華の目の前に差し出した。

「こんな形だ」

黒い器具は、先が丸い円錐形になっている。中央がふくらみ、下方はくびれ、そこに円形のストッパーがついている。そこから丈夫な紐《ひも》が垂れていた。

春華はちらりとそれを見た。屈辱にいっそう汗がこぼれた。だが、あとは腹痛に喘ぐしかなかった。

「僕はここで働いてくれるスタッフたちは大事にしたい。医師と看護婦、医師と事務員、技師なんて関係じゃなく、常々、親子兄弟以上の関係にしたいと思っているんだ。だから、きみもそのつもりで、遠慮なく当院で過ごしてくれればいい。これは金のかかる栄養補給剤だが、惜しいとは思わない。言ってくれればいつでも用意させる。健康第一だ」

宇津木は自分の行為を正当化するために、のらりくらりと喋《しゃべ》った。

春華はテーブルについていた手を、いつしか腹部に当て、背を丸くしていた。

「ああっ、許して下さい！　お願いです」

「許して下さいなんて言われると、何だかきみを虐《いじ》めてるみたいじゃないか。困ったな。よし、もういいだろう。きみの手でアヌス栓を抜くか？　しかし、しっかりと肛門を締めておくと抜けないいし、力を抜くとトイレを汚す可能性がある。本当は腹痛が治まるまで我慢した方がいいんだがな」

「いやあ！」

宇津木の言葉によって、これで修羅場が終わるわけではないと悟った春華は、プライドをかなぐり捨てて絶叫した。

「婦長を呼んで手伝わせようか。ベテランで慣れたものだ。汚さないようにやってくれる」

「いやっ！」

「それなら、僕が手伝ってもいい」

「いや。自分で。ああう……お願いです」

「ひとりで大丈夫か？　じゃあ、アヌス栓をしっかり押さえて行きたまえ。トイレの隣に浴室もついている。遠慮なく使いたまえ」

宇津木は春華の右手を取って、自分が今まで押さえていたアヌス栓に当ててやった。

「そうだ、下着は脱いでいった方がいい。これじゃ、片手しか使えない。せっぱ詰まっているんなら脱いでる時間も惜しいだろう？」

宇津木は膝で止まっているストッキングとショーツを勝手にずり下ろした。

考えているゆとりはなかった。足首からショーツを抜かれた春華は、必死に、しかし、よたよたと院長室のトイレに向かうしかなかった。

宇津木は春華がトイレに消えると、腹を抱え、声を殺して笑った。そして、春華の地味なベージュ色のショーツの二重底を眺めた。肉饅頭のワレメに喰い込んでいたのか、卑猥な縦《たて》皺《じわ》ができている。

当然、鼻をくっつけて匂いを嗅《か》いだ。あれだけ品格のある美貌の女医でも、メスの匂いがしっかりと布切れに染《し》みついていた。もうじきこの匂いのこもっている肉饅頭を押し広げて顔を突っ込み、直接匂いを嗅いで舐《な》めまわすのだ。男のものを挿入したことがないと確認したアヌスも徹底的に玩び、拡張し、いずれ肉茎を押入できるようにしなければならない。

　今ごろ、特別室で悪友の奥原忠助が看護婦の千鶴をいたぶり尽くしているころだろうが、春華を迎えた今、もはや調教も終わって知り合いに売り渡すだけになっている千鶴への未練はなかった。

5

　トイレを出て、大理石の浴室で全身の汗を流した春華は、緊急事態から脱したものの、宇津木から受けたあまりの屈辱に、すぐには冷静になることができなかった。

　脱衣場で服を着ようとしたとき、改めてショーツがないのに気づいた。宇津木の手に渡ったいきさつを考えて、首を振りたくった。

　これまで春華は、周囲の者たちからいつも羨望と憧憬のまなざしで見つめられてきた。学業もスポーツもトップクラスで、プライドも保たれてきた。自分ではそれほど誇り高い女とは思っていないが、才能と努力が、常に春華の名誉を守ってきた。それが、宇津木によって、生まれて初めて死ぬほどの辱めを受けたのだ。女としても女医としても、立ち上がれないほどの屈辱だった。

「大丈夫か？」

ノックのあと、宇津木の声がした。春華は硬直した。

「どうしたんだ。開けていいか」

「待って下さい！　すぐに出ます！」

春華は鍵をかけているにもかかわらず、ノブを引っ張って開けさせまいとした。

「急がなくてもいいんだ。気になったから声をかけただけだ。ちょっと外に出ているから、ソファの上の下着もつけるといい。じゃあ、十分後に」

春華は二、三分、声を潜《ひそ》めていた。それから、ドアを開けて院長室を窺《うかが》い、人の気配がないのを確かめて脱衣場を出た。ショーツをつけていないタイトスカートの中が心許《こころもと》なかった。

「あ……」

ソファの真ん中に置かれたショーツが、もっともらしく畳まれている。

(いや。いやいやいやっ！)

頭に血が昇り、みるみるうちに顔が赤らんでいった。

婦人科の患者としてショーツを脱いで内診され、診察が終わってそれを穿《は》くのとわけがちがう。不必要なことをされ、判断能力を失っていた状況で抜き取られた下着だ。あの狂おしい排泄の危機に襲われていた地獄の時間が過ぎ去っても、いっそういたたまれなくなるばかりだ。このままこの病院を去り、永久に宇津木と顔を合わせなくていいのなら……。

（そうよ、ここを出るのよ……院長が戻ってこないうちに）

春華は素早くショーツを穿くと、バッグを持って院長室を出た。玄関に着くまで宇津木に会わなければ何とかなるはずだ。

絨毯の敷かれた廊下を辿り、玄関へと向かった。シャワーを浴びた直後というのに、緊張のため、すぐに全身が汗にまみれた。

「あっ！」

廊下を曲がったとき宇津木に出会い、春華は思わず驚愕《きょうがく》の声を上げた。

「おっ、びっくりした。どうしたんだ。待っていてくれたらよかったのに。ここは人口密集地帯のような大学病院とはちがうんだ。そう慌てることはない。これからゆっくり院内を案内して、スタッフたちには紹介する予定だ。きみは大学病院でもきびきびと働いていた。けっこうなことだ。だけど、ここでは慌てなくていい」

わずか二、三分前の破廉恥な行為も忘れているような宇津木の口調だ。けれど、春華にとっては、そうやすやすと忘れられることではない。まともに宇津木の目を見ることができず、うつむきかげんになった。そして、呼吸が荒くなった。

宇津木が春華の左手を取った。

「いやっ！」

春華は反射的にその手を払った。

「どうしたんだ。ちょっと息苦しそうに見えたから、脈を取ってみようと思ったんだ。ここはゆったりしすぎていて、落ち着かないのかもしれないな。それとも、大学病院での疲れがドッと出たのかな」

相変わらず宇津木は沈着だった。のっけから派手な浣腸の洗礼を受けた春華が、屈辱のあまり逃げ出すかもしれないことは容易に想像できた。だから、紳士面《しんしづら》をしていったん院長室から出たものの、ここで待ち伏せていたのだ。十分しても春華が出て来ないようなら、また院長室に戻るつもりだった。

玄関からではなく、窓やほかの出口から逃げ出そうとしても、常時、屈強な警備員が建物の外をまわっているし、コンピュータによるセキュリティも万全だ。広い敷地を持つ宇津木医院から、そうやすやすとは逃げられない。

「もし、休息したいなら休んでもらってもいいが、まずはスタッフを紹介してからの方がいいな。ついてきたまえ」

「院長先生……」

「うん？」

「私……こんな豪華な病院にお勤めするのは無理です」

春華は一分でも早くここから立ち去らなければと思った。それには、スタッフを紹介される前がいい。

「きみらしくないな。きみは素晴らしい女医になれる。うちにはきみが必要なんだ。一生ここで働いてくれとは言わない。だけど、少なくとも、ここでゆっくりと将来の方向を見定めてほしい。きみが望むなら、きみ自身が院長となる個人病院を出す手助けもしたい。私は半端な気持ちできみをうちに呼んだんじゃないんだ。うちに勤めたドクターの多くが、私の口添えで個人病院を建てている。きみの腕と私の世間的信用があれば、個人病院を建てることなんてたやすいことだ。さあ、後込《しりご》みなんかしてないで来たまえ」

個人病院を出す手助けもしたいという言葉が出たことで、春華の心は揺れた。個人病院など夢のまた夢と思っていた。一生、雇われの身と思っていた。

宇津木がきびすを返した。

春華は宇津木に対してこだわりを持つようになったが、宇津木の接し方は以前と変わっていない。

(私がおかしいのかしら……あれは疲れをとるための、ここでは日常茶飯事の行為なのかしら……あんな……あんなことまでしたのに)

浣腸のあとのアヌス栓のことを思うと、そんなものが存在することさえ知らなかった春華だけに、宇津木の医療行為が怪しいものに思えた。だが、あまりにも堂々としている宇津木を見ていると、自分がおかしいのだろうかと迷ってしまう。医師でありながら、患者の立場になってあんな行為をされたために、正常な思考力をなくしているのだろうか。

病院に来る患者は、否応なく恥ずかしい検査もされてしまう。もし結腸ガンが疑われるなら、浣腸して、肛門から結腸に造影剤のバリウムを注入し、X《エックス》線撮影を行う注腸造影検査がある。直腸に指を挿入する触診の肛門指診もある。肛門から器具を入れての内視鏡検査もある。そんな検査があることを知っている者でも、アヌスを見せなければならないというだけで屈辱なのだ。そして、ためらっているうちに不幸にも手遅れになる者もいる。

「きみ、どうしたんだ。さっきの奴、うまく吸収しなかったかな。そのうち、躰が慣れてきたら、すぐに効いてくれるようになるはずだ。さあ、来たまえ」

宇津木は先ほどの行為を平気で口にした。春華はまた赤面した。

（患者さんの立場で医療を行いたいと思っていたのに、もしかして私……医師の立場にしか立っていなかったのかしら。だから、患者さんがされる行為を自分にされて、あんなに屈辱を感じたのかしら……）

春華は貫禄を崩さないまま歩いていく宇津木の後ろ姿を眺めながら、自分の方が間違っていたのかもしれないとさえ思うようになった。

6

診察室をはじめとして院内の各部屋を案内する宇津木は、そこにいる医師、看護婦、エックス線技師から事務員、栄養士、ヘルパーなどまで春華に紹介していった。

「きみを見るスタッフや患者の目つき、普通じゃなかったな。きみは医師としても女性としても魅力的だ。魅力的だということは、それだけで、きみに接する患者の治癒能力が高まるということだ。恋愛をすれば気力が漲り若々しくなる。それといっしょだ」

「そんな……」

「いや、これは事実だ。謙遜《けんそん》することはない。きみの医師としての武器になる。覚えておきたまえ。人は美しい花や景色を見て心洗われる。精神の治癒だ。いや、肉体の治癒にもなる。きみは生まれながらにして医師になるべき女性だったということだ」

宇津木の言葉を聞いた春華は、ひとときでもこの男から逃れようとした自分を恥じた。宇津木はまっとうな医師だ。力もある。宇津木の下で頑張れば、いつか朝比奈医院を開設することもできるのだ。

「さて、最後になってしまったが、あとは特別室だ」

「あの……特別室って、今までの病室じゃないんですか？」

どの部屋も広々としていて、大学病院の特別室以上の豪華さだった。広い浴場があるにもかかわらず、各部屋にもユニットバスがついていた。六人は座れるレザーのソファ、壁に掛けられた著名な日本画家の絵、週に一度は交換に来てもらうという青々としたレンタルの観葉植物……。

およそ病室とは思われないほど贅沢で明るかった。

「今まで案内した病室は普通の部屋だ。といっても、差額ベッド代は、ちょっと他とは比べものにならないくらい高いが、うちを必要としている患者は実に多い。狭くて辛気《しんき》くさい病室にいれば、健康人でも病人になる。ここに入院した患者は、翌日には病人ということを忘れてくれる」

宇津木から差額ベッド代を聞いた春華は耳を疑った。それほど並外れて高い料金だった。

「これから案内する特別室は、さっきの病室とはぜんぜんちがう。徹底的なサービスをするには三室が限界だ。それでも、サービス低下にならないように、できるだけ全室を塞《ふさ》がないようにと心がけているがね。きみはそのうちの一室でしばらく暮らしてもらう。なに、病室という感じはしないから安心したまえ」

「そんな高いお部屋は困ります。スタッフ寮があるようですから、そちらにして下さい」

「スタッフ寮に、きみほどの医者を入れるわけにはいかない。きみはしばらく特別室つきの医師だ。この廊下から向こうだけにいてくれたらいいんだ。特別室で寝起きした方が楽でいい。近くに豪華マンション建設計画がある。それが実現したら何室か買って、きみにはひと部屋提供したいと思っている。それまでこっちで辛抱してくれたまえ」

「辛抱だなんて……」

そんな夢のような待遇を受けるほど宇津木に実力を買われているのかと、春華はさっきの屈辱をひととき忘れ、震えるような興奮を覚えた。

しかし、宇津木は、春華が御殿に足を踏み入れたが最後、しばらく自由はないのだとほくそえんでいた。春華がふたたびこの廊下を渡って本館に戻るのを許されるのは、ふたりの関係が院長と雇われ医師ではなく、主人と絶対服従の肉奴隷の関係になってからだ。

(一カ月か二カ月か、あるいは半年かかるかもしれないが、しばらく退屈しないで済みそうだ)

宇津木は顔がほころびそうになるのを賢明に堪《こら》えた。

この病院を設計施工した悪友の奥原忠助の部屋の前を通ったがシンとしている。たとえ女がどんなに悲鳴を上げているとしても、二重にも三重にもなった防音壁が、けっして外に音を洩らしはしない。

「さあ、ここだ」

焦《こ》げ茶色の重厚なドアを開けた宇津木に促されて特別室に足を踏み入れた春華は、これまで見たこともない豪華な部屋に息を呑んだ。

縁飾《ふちかざ》りとひだ飾りのついたカーテン、大型衣装ダンスと収納家具、キャビネットにはコーヒーカップや皿まで並び、ドリップ式とサイフォン式のコーヒーメーカーまで用意されている。家具も絨毯も落ち着いた茶系統が基本だが、目に鮮やかな大型の観葉植物が部屋を明るく飾っている。

「これが病室ですか……」

「病室に見えないだろう？　それが狙いだ。寝室はこっちだ」

最初の広々とした部屋だけでも息を呑んだというのに、アーチ型のドアの向こうを覗いた春華は、さらに圧倒された。

大小のクッション、ピロケースや首枕の置かれたベッドには、豪華なカバーの羽根布団が掛かっている。高級ホテルというより、ヨーロッパの王室を想像させる寝具だ。しかし、ベッドの向こうの壁際には花鳥風月を描いた六曲の金の屏風《びょうぶ》が立てられている。洋と和の調和した上品で不思議な空間だ。

「ここでかまわないかな」

「こんな……こんな贅沢な部屋は私には不似合いです」

ここで頑張ろうと決意したばかりだというのに、またも春華に不安が押し寄せた。

「私、自信がありません……私には、普通の病院が合ってます」

「普通ってどういうことだね。病院はすべて同じだ。ただ、うちは少し贅沢な患者が集まるというだけだ。風呂は大理石だが、あとで見ればいいか。さて一室は診察室だ。この奥だから入りたまえ」

春華は寝室の奥に進んだ。突き当たりは壁とばかり思っていたが、寝室の雰囲気を壊さないように配慮された引き戸が左手にあり、宇津木がそれを開けた。

「あ……」

これまでの部屋とはあまりにもちがう殺風景な部屋だった。低い診察台や内診台、ガラスケースに並んだ医療器具の類《たぐ》い。病室に治療室がついているのが異様だ。

「さて、きみにはすぐれた医者になってもらいたい。それには、まず患者の気持ちがわかる医者にならなければならない。異存はあるかね？」

「いえ……」

春華は豪華さと殺風景の入り交じった異質な場所に立っていることで落ち着かなかった。

脈拍さえ速くなっている。

「よし、異存がないとわかったからには、さっそく患者になってもらおうか」

「えっ……？」

「きみは患者の立場になることにはためらいがあると見た。つまり、まな板の鯉《こい》になって治療や検査を受けるときどんな気持ちになるか、ここで徹底的に体験してもらう。それで初めて、患者の立場になって行動できるようになるんだ。まずは乳ガン検診の患者になってもらおう。どうすればいいか、いちいち説明しなくてもわかるね」

春華は動揺した。宇津木への信頼がまた揺らいだ。上半身裸になれと言われているのだ。

「乳ガンの検診に、きみも携わったことがあるだろう？　たとえなくても、どんな診察かわかるだろう？」

「わかります。でも、私にその必要はないと思います……」

春華は精いっぱい反発したつもりだった。

「院長の私が必要だと言ってるんだ」

宇津木は笑みを浮かべていたが、そのやさしい口調の裏には権力者の響きがあった。

「触診がいやなら、X線室でマンモグラフィーにするか。さっき紹介した二十代の技師にやってもらうことになるが、僕も立ち会う。すぐにやってもらえるように連絡しよう」

宇津木は白衣の胸ポケットに入れていた携帯電話を取り出した。

「待って下さい！」

春華は慌てた。

マンモグラフィーと呼ばれる乳房X線撮影は、乳房を板のような装置で上下から挟んで撮影する。側面から挟んだ撮影と合わせて病変を発見するのだ。それが日々行われている検査だとわかっていても、健康としか思えない自分の乳房を若い男の目に晒すのに抵抗を覚えた。

「それがきみの欠点だ。自分が患者を検査するのにためらいはないが、自分が患者になるのをためらっている。どういうことかわかるかね？　きみは患者には人権を感じず、自分の人権だけは守りたいと思っているんだ」

「そんな……」

「ちがうと言い切れるかね？」

春華は反発できなかった。大学病院の科によっては、プライバシーのない診察があった。しかし、患者を気の毒に思っても、春華にそのシステムを変えられるはずもない。異議を唱えることもなく、妥協しながら仕事をしていた。だから、自分はそこの患者にはなりたくないと思った。受診するときは、もっと患者側に立ってプライバシー保護に力を入れている病院にしたいと思った。

「きみの将来のために、ここではまず患者の立場を理解してもらうことから始めたい。患者の立場を、頭ではなく躰で知ることだ。さあ、乳ガン検診だ」

宇津木はまっとうなことを言っている。しかし、春華はそれを素直に受け入れられなかった。気のせいか、どことなく淫猥《いんわい》な空気が漂っている。

「そうか、私だけだということが不安か。患者と一対一で接することは禁じられているからな。婦長を呼ぼう」

慌てている春華を内心嘲笑いながら、宇津木は携帯電話で尾沢洋子を呼んだ。

洋子は五分後にやってきた。

「向こうの仕事は大丈夫か」

「はい、あとは任せられます」

「そうか、じゃあ、しばらくここで付き合ってもらおう。将来有望な朝比奈先生が、まずは患者の立場を徹底的に理解したいと言ってくれた。それでこそ医者だ。まず、乳ガン検診からやりたい。私ひとりで女性の躰に触るわけにはいかないからな、きみもいつものように看護婦として手伝ってくれ」

「承知しました。では、先生、上半身脱いでいただけますか」

「婦長、患者に向かって先生はないだろう。体験患者になっているときは朝比奈さんの方がいいだろう」

「そこまで気がまわりませんでした。申し訳ありません」

春華抜きでふたりは話していた。洋子は院長室にステンレス盆に載せた浣腸器を持ってきた女だ。当然、春華が宇津木に何をされたか知っているはずだ。春華はふたりの前から逃げ出したかった。宇津木を敵にまわしたときの今後の立場など考えているゆとりはなかった。

(逃げるのよ。耐えられない。もういや!)

大きく胸を喘がせた春華は、出口のドアに向かって走った。

学生時代に柔道をしていた宇津木の手が、簡単に春華の腕を摑《つか》んで引き戻した。

「いやあ!」

「困った人だ。大学病院ではあんなに落ち着いて患者の診察をしていた人が」

「私、ここで働くのは無理です。すみません。帰して下さい」

怯《おび》えた顔で春華は哀願した。服の下の乳房が恐ろしいほどに波打っている。

「婦長、一号室に連絡して、彼に来てもらってくれ。汚れた白衣はだめだぞ」

特別室で何が行われているか承知している洋子は、宇津木が何を言いたいのかすぐに理解した。検査入院している健康そのものの奥原忠助に白衣を着せ、こちらに呼べということだ。助手のふりをした奥原といっしょに、春華をいたぶるつもりなのだ。

「では、すぐに奥原先生を呼んで参ります」

洋子が出ていった。

春華は宇津木の手から逃れようと全力で抗《あらが》った。だが、これから本格的な凌辱《りょうじょく》がはじまることなど、まだ知る由もなかった。

第二章　獣の儀式

I

住居として貸し与えられることになった豪華な特別室で、全身に汗を滲《にじ》ませている春華は、宇津木院長にしっかりと手首を摑まれていた。

「放して下さい……」

ニットのセーター越しに、乳房が激しく喘いだ。

「優秀な成績で卒業した女医だというのに、まるで子供みたいだな。医者は患者の心のケアもしなければならない。頭脳明晰なだけではいい医者にはなれないんだ。もっと大人になることも大切だ。それには、患者の立場を知ることだ」

「これから精いっぱい勉強していきます。放して下さい」

春華は渾身《こんしん》の力で躰を引いたが、中学時代から柔道で鍛えている宇津木の腕力にかなうはずがなかった。

「これからと悠長《ゆうちょう》なことを言わず、たった今から精いっぱい勉強してもらおう。うちでは、看護婦たちにも入院患者の体験をさせている。排泄から何から手伝ってもらったあとは、みんな患者の立場に立った献身的な看護をするように努めてくれる。人情味溢《あふ》れる看護婦たちばかりだということで、わざわざここを選ぶ患者さんも多い。まして、きみは医者なんだ。宇津木医院に勤めるからには最高の女医になってもらいたい」

そこに、白衣を着た偽医者、宇津木の高校時代の後輩で、この病院を設計施工した奥原建設取締役社長の奥原忠助が、婦長の尾沢洋子とともにやってきた。

検査入院と称して隣の特別室に入院している健康そのものの忠助は、看護婦の千鶴をいたぶっていたが、すでに宇津木から優秀で美貌の女医がやって来ると聞いていただけに、洋子にことの次第を聞くと、千鶴をそのまま放って白衣を羽織《はお》り、風のような素早さで現れた。

内診台の上で何度も気をやって失神寸前だった千鶴は、ベルトで足台に固定され、秘園をひろげたままの格好で眠りに落ちていくだろう。

「院長、お呼びですか」

「ああ、すまんな。きょうからうちに勤めることになった朝比奈春華先生だ。これから数日、患者体験をしてもらおうと思ってるんだが、羞恥心が強いのか、いざとなったら素直に受け入れてくれないんだ。それで、手伝ってもらおうかと思ってね」

「今どき羞恥心が強い女性というのは奥ゆかしくていいですね。でも、朝比奈先生、あまり意識なさらない方がいいですよ。我々だって、いつ患者の立場になるかわからないんですから、休養と思ってゆっくりなさるといいじゃありませんか」

ニヤリとしそうになるのを何とか堪えている忠助は、想像以上の春華の美しさに獣の血を騒がせた。

「患者体験はうちの慣例みたいなものです。みんな通過儀礼を受けて宇津木医院の一員になっているようなものですから、奥原先生のおっしゃるように、のんびりと患者さんになってお過ごし下さい」

洋子は若き女医が玩具にされるのをいい気味だと思いながら、ゆったりと微笑を浮かべた。

「まず乳ガン検診をしたいんだが、服も脱いでくれないんだ」

「そんなことはありませんよね？」

洋子がニットのセーターに手をかけると、

「いやっ！」

春華は激しく身をよじってその手を振り払った。

「こんなふうなんだ。困った患者さんだろう？」

春華の手首をしっかり摑んでいる宇津木が苦笑した。

「たまに、きみのように異常に羞恥心の強い患者がいて、内診や直腸検査を拒むんで説得するのが大変なことがあるが、どうしても受け入れてくれないときは諦《あきら》めて帰すしかない。でも、医者に患者への本当の愛情があれば、数人で押さえ込んででも検査する方がいい。朝比奈先生にはぜひそうさせてもらおう。先生じゃなく、ここにいる間は患者の朝比奈さんになりきってな」

「ご自分でお脱ぎになりますよね？」

洋子は優しい笑みを浮かべながら尋ねたが、春華が押さえ込まれて素っ裸にさせられるのを見物したくてならなかった。

「私にはここは無理です。辞めさせて下さい！　帰ります！」

今日まで医師としてのプライドを傷つけられたこともなくやってきた春華は、院長室での屈辱の浣腸から、今また無用な検査をされようとしている異常さに、いっときも早くこの病院から逃げ出さなければと思った。

「放して下さい！　ここのお仕事は辞退します！　放して！」

春華は、あたりはばからぬ声で叫んだ。

「来た日に辞められたりしたら、私の立場はどうなるんだ。今まできみが勤めていた大学病院の先生方にも申し訳ない。きみを立派な医者に育てると約束したんだ」

「いやっ！　いやあ！」

「興奮状態だな。婦長、こういう患者の場合、服を脱がせるのにどうする？」

「緊急なら、服を切断するしかありませんが、検査ですからね。どうしましょう」

「じゃあ、緊急ということで始めるとするか」

宇津木は春華の背中にまわり、両腕を後ろにまわして摑むと、診察台に座り、両脚で春華の脚を巻き込むようにして拘束した。柔道で鍛えている宇津木は、全力で抗おうとしている春華を、びくともしないように押さえ込んでいた。

洋子の用意したハサミを受け取った忠助は、股間のものを反り返らせた。胸を突き出して拘束されている春華の歪んだ表情を眺めながら、ニットのセーターの裾《すそ》から上に向かってハサミを入れていった。

「い、いやあ！　ヒッ……」

喉《のど》に向かってくるハサミの切っ先に、春華の叫びは途切れた。

「大丈夫。院長がもっと高価なセーターを買って下さるわ」

春華の怯えを楽しんでいる洋子は、笑みを浮かべた。

セーターの下から、何の変哲もないベージュ色のキャミソールが現れた。おそらくブラジャーも同色だろう。宇津木はすでに浣腸を施したときに、色気のないベージュ色のショーツを観察している。

セーターの裾から襟元《えりもと》までハサミを入れたものの、それでは左右に開くだけで躰から取り除くことができない。忠助は両肩にもハサミを入れてセーターを剝《は》ぎ取った。

「きみが勤めていたところでは、こうやって服にハサミを入れるような緊急事態はなかったかね？」

宇津木は後ろから春華の手脚を拘束したまま尋ねた。

「落ち着きたまえ。まるで、私たちが悪いことをしているようじゃないか」

宇津木がそう言っている間に、キャミソールとブラジャーの肩紐《かたひも》まで切断された。

「レディのブラジャーは婦長に外してもらわないとまずいかな」

すぐにでも乳房を掴みだしたい忠助だったが、すんでのところで医者になりすましていることを思い出した。飢《う》えた狼《おおかみ》になるより、いやらしい医者を演じてじっくりと責めていく方が面白い。

「朝比奈さん、失礼しますよ」

獲物を前に興奮しているふたりの男に荷担していっしょに楽しんでいる洋子は、荒々しい息づかいの哀れな生贄のフロントホックを、手慣れた仕草で外した。

プルッとまろび出た真っ白い乳房には、青い血管が透けていた。口に入れると溶けてしまいそうなやわやわとしたふくらみに、忠助はゴクッと喉を鳴らした。

「よし、これで乳ガン検診が可能になった。このままでもいいが、横になってもらおうか」

宇津木はようやく春華の脚の拘束を解《と》いて立ち上がったが、両手は後ろで摑んでいた。下半身を剝くのはあとでいい。一気に素っ裸にしては楽しみも半減だ。辱めながら、できるだけゆっくりと剝いていく方が風流だ。

「放してっ！　いやあ！」

春華は女医であることなど忘れていた。

無防備に歩いていたところを、突然、三人の暴漢に捕らえられ、人目につかないところに引きずり込まれ、玩ばれはじめたような恐怖しかなかった。

両手を摑んでいるのが院長のはずがなく、婦長のはずもなかった。宇津木医院にやってきたつもりが、異空間の扉でも開いてしまったのかもしれなかった。

2

春華の抗いは激しくなるばかりだ。張りのいい椀《わん》形の乳房がプルプル揺れて、抵抗と裏腹にメスを誇示しているように見えた。

診察台に横になろうとしない春華を、宇津木と忠助がふたりがかりで強引に押さえ込んだ。

「乳ガン検診でこんな暴れる患者さんはいませんよ。痛くないのはおわかりでしょう？」

美貌で優秀な女医が来ると聞いたときから、洋子は宇津木が手を出すのはわかっていた。これまでの看護婦たちとは待遇もちがう女医に、宇津木はどんな執着を見せるだろうと嫉妬が渦巻《うずま》いていただけに、目の前で力ずくで自由にされようとしている春華を見ると、胸のすく思いがした。

「マンモグラフィーはイヤだと言うから、触診だけでも丁寧にしなくちゃいかんと思っているんだが」

「いやっ！　いやあ！」

春華の歪んだ形相《ぎょうそう》と叫びに、これではまるでレイプだなと、宇津木は苦笑した。

「触診前にこれでは、超音波検査なんてとても無理でしょうね。困りましたね」

洋子は困惑したように溜息《ためいき》をついてみせた。

上半身を宇津木に、下半身を忠助に押さえ込まれている春華は、荒い息を吐きながら、激しく肩先と腰をくねらせた。

「力を抜いて楽にしてくれないと検診はできないじゃないか」

「そうか、ひょっとして、我々を困らせる患者を装って、腕試しってことじゃないんですか？」

「なるほど。先生も……いや、朝比奈さんも役者だ。でも、どんなことがあっても、検査は進めさせてもらうよ」

宇津木と忠助は春華を自由にする勝手な口実をぬけぬけと口にしながら、思いどおりにことを進めていった。

「医者がふたりとも動けないんじゃ、どうしようもないじゃないですか。院長、どうします？」

忠助は偽医者だけに、今のところ、宇津木の指示を待つつもりだ。相手が看護婦ではなく女医というだけに、いつもと勝手がちがう。いい女ほどいたぶり甲斐はあるが、好きに動いて宇津木医院のマイナスになるようなことになってはならない。今までさんざん特別室で楽しんできたし、これからも楽しみたい。特別室は宇津木と忠助の趣味のために設計施工されたようなものだ。

「婦長の私が検査するわけにはまいりませんからね。院長、どうなさいます？」

洋子は白磁《はくじ》のような乳房に嫉妬していた。乳首を洗濯挟みで挟んでやりたいような残酷な思いがつのった。

「検査のときは両手を上げてもらうから、その体勢で括らせてもらおうか。婦長、革のベルトを取ってくれ。キーは私の胸のポケットだ」

宇津木は白衣の胸を突き出した。

十年以上宇津木医院に勤めている洋子は、他のスタッフに知らされていない特別室のしくみも知っている。ここは猥褻なプレイの場で、診察室をはじめ、寝室やリビングにもプレイの道具が隠されている。一般患者やスタッフたちの目から隠すため、淫猥な道具は鍵のかかった抽斗に入っていた。そのキーが胸のポケットに入っていると宇津木は言っているのだ。

宇津木の胸ポケットに手を入れてキーを出した洋子は、作りつけの医療器具棚の抽斗から、黒い革のベルトを出して宇津木に差し出した。

「検診のために両手は拘束させてもらうが、悪く思わないでくれよ。患者さんのためなんだ。検査して何ともないとわかれば、その方が明日から楽しく生活できるじゃないか」

春華の両手首を革ベルトでひとつにした宇津木は、バンザイの格好に伸ばして、診察台の丈夫なリングに縛りつけた。診察台の裏側には、拘束するときに使うリングがいくつも固定されていた。

「いやっ！　解いてっ！　いやっ」

革ベルトを引っ張りながら春華が叫ぶたびに、白く艶《なま》めかしい腋《わき》の下《した》のくぼみが誘惑的な表情をつくった。

極上の獲物の叫びを心地よく聞きながら、宇津木は舌なめずりした。

「院長、脚も括らせてもらっていいですよね？　これじゃ、検査の手伝いができません」

「そうだな。そして、ちょっと冷静になってくれるのを待とう」

春華は躍起になって抵抗し、スカートを穿いていることも忘れ、忠助を蹴上《けあ》げようとした。

もう一本の革ベルトを受け取った宇津木は、忠助と協力して、足首をひとつにして固定した。太腿を大きくひらいて括りつけないのは、プレイが始まったばかりだからだ。上等の獲物はゆっくりといたぶっていくに限る。すぐに素っ裸にしなかったように、太腿も徐々にくつろげていくに限る。

「朝比奈さん、あなたのように検診に来ていながら、こんなに駄々をこねる患者さんは珍しいですよ。初めて内診を受ける若い子が足をひらいてヴァギナの中まで見られるのを恥ずかしがったり、肛門に指や器具を入れられるのをためらうのはわかるんですけど」

「それだけ感受性が強いということだろう」

洋子の言葉に、宇津木がこたえた。

上半身を剝かれて括りつけられ、勝手なことを言われるだけでなく、三人に見下ろされている屈辱に、異常に脈拍が速くなっている。心臓が耳に届くほど大きな音をたてていた。

「放して！　こんなことをするなんて……何をなさってるかおわかりなんですか。こんなこと……こんなことは許されないはずです」

四肢を引っ張りながら訴える春華を、三人は冷静に見下ろしていた。

宇津木は春華の言葉を意に介さず、美味そうな淡い桃色の乳暈《にゅううん》や乳首を見つめた。この乳房を摑み、乳首を存分に舐めまわした男はこれまで何人いるだろう。医大を経て大学病院に勤めた春華が接した男たちなら、そこそこ優秀にちがいないが、ここに来たからには、宇津木の持ち物になり、肉奴隷となる運命を背負ったのだ。

「私は院長のガン検診を感謝して受けましたよ。乳ガン、子宮ガン、直腸ガンなど、自分のためもありますけど、患者さんの気持ちを知るための勉強にもなりますし。私の知る限り、ここに来た看護婦も、みんな感謝こそすれ、あなたのように必死に拒んだりする人はいませんでしたけどね」

洋子は意地悪く続けた。

「先生はまだ若い。婦長ほど多くの患者に接しているわけでもないし、自意識もやや過剰のようだから仕方ない。でも、優秀な先生だ。特別室で患者としてしばらく過ごしたら、これまで以上の立派な医者として活躍してくれるようになるだろう。私はこの人に期待している……あ、ついつい患者じゃなく、女医の朝比奈先生に対する口調になってしまった。いかんな」

春華の屈辱の表情を眺めながら、宇津木はわざと快活に笑った。

「乳首もきれいだ。こうして見ている限り、不自然に引き攣《つ》っているところもない。しこりなんかないと思うが、しっかり調べてみないとな」

自分を見下ろしている三人に、春華はいたたまれなかった。この病院はおかしい。けれど、理想的な病院だと言われているのも確かだ。贅沢すぎる施設のせいだろうか。入院というより、別荘に休養にでもきているような感じの、リラックスした患者たち。院内を案内され、最後にこの特別室に入ったときは目を見張ったが、そのあと、これほど理不尽な時間が待っていようとは。その落差が春華の動揺に拍車をかけた。

「そうだ、まだ紹介していなかったな。こちら、常勤じゃないんだが、奥原忠助先生だ。何でも器用にこなしてくれる。私の後輩でもあるんだ」

「よろしく。しっかりと検査させていただきます。優秀な先生には健康でいてもらわないと、みんなの損失になりますからね」

ペコリと頭を下げた忠助は、理知的な美貌の女医をいたぶる快感に肉棒を疼《うず》かせていた。

宇津木は優秀で美しい女しか雇わない。看護婦だけでなく、栄養士や調理師から賄《まかな》いの未亡人などまで美形揃いだ。宇津木は面接のとき、被虐の女の匂いを嗅ぎ取る自信があると豪語しているだけに、これと思った女を外したことはなかった。そんな女を雇って言葉巧みに言い寄って抱いてしまう。

　そのあと、忠助が検査入院している部屋に何らかの口実で連れてこられ、油断しているときに強引に押さえ込まれてしまうのだ。あとは、宇津木に仲介に入られ、院長の友人ということでその場をおさめられ、そのうちふたりにいたぶられることになってしまう。

　宇津木にとって患者は金の運搬人、女は肉玩具にすぎない。優秀な美貌の女医春華も同様だ。玩具《おもちゃ》は上等なほどいい。

3

「そろそろ始めるか。その前に心音も聞いておこう」

　宇津木は聴診器を取った。

　春華は身をよじって拒もうとした。

　春華の左乳房の下に聴診器が当てられた。ドクドクと激しい音をたてている。尋常でいられない春華の心境はわかっているが、実際に心臓が破れそうなほどの鼓動を聞くと、ますます宇津木の獣の血は騒いだ。

「はっきり言って、この状態じゃ絶対安静だ。奥原先生、どう思うかね」

　宇津木は聴診器を渡した。

「おお、こりゃ凄《すご》い。まるでエクスタシー直後のようだ……あ、失礼」

　奥原はきまじめな顔をして言った。

「腸の蠕動音《ぜんどうおん》はどうだ。ここに来る前、疲れているらしいので、高価な栄養剤をたっぷりと浣腸してやったんだ。だいぶ我慢してもらったが、初めての栄養剤で吸収率が悪かったかもしれんな。聴診器をスカートの上から当てるわけにはいかないな。婦長、患者さんのスカートを少し下ろしてくれないか。お腹が見えるくらい」

「いやあ！」

　眉間の皺と怯えた目。汗ばんだ肌。こめかみにこびりついた数本の黒髪。拘束から逃れようともがいている総身のくねり……。

　医師としてやってきたつもりが、のっけから患者にされて玩ばれようとしているだけに、春華の戸惑いが面白いほどに伝わってくる。

「先生、申し訳ありませんが、患者さんの腰を少し持ち上げていただけませんか。スカートのファスナーは後ろのようですから」

　両脚もまっすぐに伸ばして括りつけているので、洋子ひとりで腰を持ち上げてファスナーを下ろすのは厄介だ。

　奥原は任せておけとばかりに背中と太腿のあたりに腕を押し込み、軽々と春華の腰を持ち上げた。洋子がそこに手を突っ込み、ファスナーを一気に下ろした。

「やめてっ！」

滑稽《こっけい》なほど春華は尻を振った。

「あとで子宮ガンや直腸ガンの検査もやるんだ。スカートは邪魔だから、今のうちに脱いでおいてもらおうか」

「承知しました」

洋子は奥原と呼吸を合わせてタイトスカートをずり下ろした。いったん足元のリングから革ベルトが解かれ、ふたたび固定された。ショーツ越しに肉饅頭がもっこりと盛り上がっているのがわかる。恥毛が布地にわずかに黒い陰を落としていた。

ショーツだけになった春華は、屈辱のあまり、全身が灼《や》けるほど熱くなった。肩と胸で息をした。

奥原の聴診器が臍《へそ》の下に当てられた。

色気のない蠕動音に、奥原は思わずクッと笑った。聴診器で蠕動音を聞くのは初めてだが、女の腹に耳を当てたことは何度かある。そのたびに、百年の恋もいっぺんに冷めてしまう気がした。どんなにかわいい女でも、腸は四六時中、ゴロゴロと遠慮のない音をたてて食べ物を消化しているのだ。

「どうだ」

「こんなものでしょう。正常に動いてます。そろそろ乳ガンの検診に移りましょうか」

色気のない腸の音を聞くより、とろけそうな乳房を揉みしだいた方がいい。奥原は聴診器を外しながら宇津木に尋ねた。

「私はこっちを調べよう。先生には右の方を頼もうか」

宇津木は乳房の外側に、親指以外の四本の指の腹を当てた。予想以上に感触のいいふくらみだ。捏《こ》ねまわしたくなる。そこを我慢して、乳ガン検診どおり、まずは乳首に向かってしこりを確かめるように撫《な》で上げていった。

忠助は宇津木の真似をして、同じように乳房の脇から乳首へとふくらみをなぞった。忠助も吸いついてくるような皮膚の感触の心地よさに、口中にジュッと唾液を溢れさせた。

宇津木の手はふくらみの外側から中心へと、左まわりに同じ動作を繰り返していった。最初はまじめに触診していたが、四分の一ほどまわったところで、中心に辿り着くと、乳首を揉みしだく動作を加えた。

忠助も宇津木にならって同じ動作を繰り返した。

「くっ……いや」

やさしい肩先をくねらせながら、春華は乳首に加えられる異常な愛撫《あいぶ》に喘いだ。

　ふたりの男が両方の乳房をいやらしい手つきで責め立てている。触診の域を越えているのが医師である春華にわからないはずがなかった。

「乳首もきれいに勃《た》ってきた。正常だな。今のところ、しこりらしいものは見つからない。そっちはどうだ」

「こっちも大丈夫です」

「リンパは丁寧に見てくれよ」

「くっ……」

　無防備に晒された腋の下もなぞられるようになると、これまで以上に皮膚がザワザワとそそけだった。春華は思わず顎を突き出して声を上げた。もはや医者の指ではない男の指が、拘束された躰を無遠慮に這《は》いずりまわっている。

「ツンと勃った乳首、いい色をしてますね。そこから血や膿《うみ》が出ると大変ですが、朝比奈さんの乳首からは、今にも健康的なお乳が出てきそうですね。検査のときに乳首を勃てる人がときどきいますけど、朝比奈さんも女としての反応がお早いようですね」

　ふたりの男が春華の乳房に夢中になっているのがわかるだけに、洋子は嫉妬めいた口調で意地悪く言った。

「反応がいいということは元気だということだ。しこった乳首を見ると、まずは安心できる」

宇津木はすぐに返した。

忠助は色素の薄いきれいな乳首が勃ち上がっているだけに、口に入れたくてたまらなかった。だが、でたらめな検査はばれているはずだが、宇津木があくまでも検査を装っているからには、勝手なことはできない。

忠助は乳首だけを微妙に強弱をつけて揉みしだきはじめた。女の躰は愛撫のしかたでいくらでも燃え立たせることができる。女は男によって肉の悦びを開発される。相手が悪ければ快感も半減だ。その点、忠助は女に関しては絶対の自信があった。だからこそ、強引に抱いたとしても、女は初めて味わう肉の悦びに恍惚《こうこつ》となり、やがて身を投げ出してくるのだ。

忠助は指先だけでなく、裏返して爪で撫でてみたり、二、三本の指で抓《つま》んでみたりと、小さな果実に異なった刺激を与え続けた。

「くうう……んふ……あう」

春華は胸を突き出し、足指を擦《こす》り合わせた。拳も握り締めた。こんな状況にありながら何故か妖しい快感に襲われている自分が口惜《くちお》しかった。

「お小水をしたいときは言って下さいね。下の世話をしてさしあげますから。ショーツにシミができてきてますから、遠慮なさってるのならと思って」

洋子の言葉に熱い躰がなおさら火照り、春華は耳朶まで真っ赤に染めて首を振りたくった。

「ここでは患者さんは遠慮なんかなさることはありませんからね」

洋子はやさしい口調を装いながら、春華を恥辱の底に突き落としていく快感に浸《ひた》った。いやがっている春華が、ショーツにシミをつくるほど蜜を出しているのが許せなかった。

「そういえばうっかりしていた。そろそろ排尿したくなるころかもしれんな。婦長、下の世話を頼もうか」

「朝比奈さんは遠慮深い方のようですから、そういうことをおっしゃらないのかもしれません。下穿《したば》き、脱がさせていただきますよ」

「いやあ！」

春華は底知れない凌辱の気配に、喉が切れるほどの叫びを上げた。

乳首を弄《もてあそ》ぶ忠助は、ショーツをずり下げていく洋子の手元を、瞬《まばた》きもせずに眺めていた。

布地に押さえ込まれていた漆黒《しっこく》の翳りが、生き物のようにゆっくりと立ち上がっていく。きれいな逆二等辺三角形の翳りだ。肉饅頭にはほどよい量の恥毛が載っている。翳りの生え方にも美醜がある。春華の翳りは文句なしの美形だ。

「脚をひらいてもらわないと溲瓶《しびん》を当てられませんけど」

洋子は事務的に言った。

「奥原先生、朝比奈さんの脚、括り直した方がいいだろう」

「いやあ！」

宇津木の言葉に、ふたたび春華の激しい抗いがはじまった。

「溲瓶を当てられるのもいやか？ 困った人だ。そんなこと、毎日見慣れていたはずだぞ」

奥原はいったん解いた春華の足首をふたつに分けて、きびきびと診察台の右端と左端に括りつけていった。

追い詰められた供物《くもつ》の表情に、宇津木はゾクゾクした。これが本当のお医者さんゴッコだと、顔がほころびそうになる。

しっかりと閉じられていた太腿が強引にくつろげられて、ようやく肉の饅頭が口をひらいた。恥ずかしげにそっと口を開けているような風情がある。うっすらと蜜でぬめった女園だが、まだ花びらを閉じていた。

「失礼しますよ」

男性用より口広の溲瓶を股間に入れた洋子に、春華はヒッと鳥肌だった。ガラスの冷たさが、躰の芯まで凍らせた。

洋子はわざと花びらを指で大きくくつろげて、パールピンクに輝く秘密の粘膜を憎々しげに視姦した。それから、秘園を覆うように、ぴたりと溲瓶の口を押しつけた。

4

「さあ、遠慮なくお小水をして下さってけっこうよ。排泄を我慢するのは躰に悪いわ。そんなこと、いちいち言わなくても、朝比奈さんならおわかりね」

春華の股間に口広の女性用の溲瓶を当てた婦長の洋子は、心では意地悪く笑いながら、表面は穏やかに繕《つくろ》っていた。

持ち手のついた透明なガラスの溲瓶には、排尿した小水の量がわかるように目盛りがついている。透明なだけに、その丸い縁《ふち》の中の春華の秘園は丸見えだ。

丸いガラスの口の中で、ぬめった桃色の器官が、まるでスポットライトに照らされた映像のように、そこだけ鮮明に見えた。

閉じていた花びらを、洋子が故意に指でくつろげたこともあり、ねっとりとした花弁のあわいの秘口もわずかに口をひらいている。艶やかな漆黒の翳りを載せた肉饅頭ごと、すっぽり溲瓶の口に収まっていた。

(おお、そそる格好じゃないか。バアサンやジイサンのこんな格好は見たくもないが、優秀で美人の女医にオシッコをさせるとなると、さすがに鑑賞のしがいがあるな)

白衣を着ている偽医者の奥原忠助は、春華のあられもない格好を眺めているだけで、鈴口からカウパー氏腺液が溢れてくるような気がした。

春華はレイプ以上の辱めと暴力を受けているのだと思った。自分の置かれた立場は絶体絶命だ。だが、ここを出たとき、この行為に泣き寝入りせず、訴えてやろうと決意した。

乳ガン検診の患者体験を、などと言われ、拒むと強引に服を切り裂かれ、両手をバンザイにしてベッドに括りつけられてしまった。それだけでも屈辱だというのに、今度は勝手に排尿を強《し》いられている。

排泄のときは、できるだけ患者に羞恥を与えないように、そっと溲瓶やオマルを当てる。そして、他人に見えないように、腹部から太腿にかけて、毛布やタオルケット等で隠してやるのが病院の思いやりだ。できるだけ席も外してやり、排泄が終わってからナースコールしてもらい、ふたたび入室するものだ。

医療に従事する者として、そんなことはわかりきっているはずだが、洋子だけでなく、ふたりの医者までが、ドクターというより猥褻この上ない男の目で春華を覗き込んでいた。

「さあ、出していいわ。しっかり押さえているから大丈夫よ」

「シーツを汚してしまうかもしれないと不安なんじゃないか？」

「私はベテランです。洩らさないようにちゃんと受け止められます。お尻の形も、このあたりの角度もひとりひとりちがいますから、瞬時に判断してやり方は変えますけど、朝比奈さんはこれで十分です。でも、院長がそうおっしゃるなら、お尻を持ち上げて、バスタオルでも敷いていただきましょうか」

「よし、僕が尻の下に入れてやろう」

忠助はさっそくバスタオルを取って、洋子が溲瓶を当てている腰を掬《すく》い上げ、それを押し込んだ。けれど、バスタオルの皺を直すふりをして、何度も白い尻を掬ってはタオルの位置を変えた。

これからまだまだ熟して肉がつきそうな尻だ。梅の花の色をしたような後ろのすぼまりは初々《ういうい》しい。まだ処女地にちがいない。菊のつぼみを散らす日が待ち遠しい。

「はい、朝比奈さん、これで心配ないわ。いえ、シーツなんていくら汚してもいいのよ。取り替えればいいんだから。患者さんは、何も気を遣わなくていいの。私たちをお手伝いさんと思ってくれたらいいのよ。さあ、お小水、してちょうだい」

「やめてっ！　いやっ！」

暴漢としか思えない三人のもっともらしい言葉に、春華はおぞましさと苛立《いらだ》ちを感じ、洋子の言葉を強い語調で遮《さえぎ》った。

「まあ、膀胱《ぼうこう》が破裂しても知らないわよ」

急に洋子の口調が素っ気なくなった。

「院長、破裂する前にお洩らしするはずですけど、すっきりさせてあげるために、さっさとカテーテルを使ったらいかがでしょう」

「おお、導尿カテーテルか。そうだな」

「留置カテーテルの必要はありませんよね？」

女医の春華をできるだけ辱めようと、洋子はわざとわかりきったことを口にした。

導尿留置カテーテルは、手術後の患者などの膀胱内に管を留めておき、カテーテルを伝ってきた尿を、ベッドの下などに置いたビニール袋に溜めるものだ。管は脱落しないように、膀胱内でバルーンを小さく膨《ふく》らませておく。

「留置カテーテルの必要はない。その溲瓶に溜まればいい。用意してくれたまえ」

「いやっ！　したくないのに！　そんなこと許さないわ！」

導尿など病院では日常茶飯事の行為だが、今の状況下ではまったく必要のない、たんに春華を辱めるだけの行為としか思えない。思い切り腰を動かした春華に、ぴったりと秘園にくっついていた溲瓶が外れた。

「まあ、どうしようもない患者さんだわ。何がいやなの？　それとも、恥ずかしいの？　羞恥心の強すぎる人には、逆療法として、徹底的に恥ずかしい思いをさせてもいいのよ。そうすれば、麻痺《まひ》してくるし、諦めもつくし。でも、病院では恥ずかしいことなんか何もないのに。健全な検査や治療行為だけだもの。困ったわね」

洋子はわざとそう言うと、溲瓶を放した。

「院長、カテーテルはどのくらいの太さのものにしましょうか」

カテーテルの太さは一律ではなかった。女の尿道は、男に比べて、太くて短い。

「四、五ミリ……ちょっと待ってくれ」

宇津木は医療用の極薄のゴム手袋をはめると、はじめて春華の花びらを両方の親指で大きく左右にくつろげた。

「あう……いやっ！」

春華の乳房は波打ち、肩は喘ぎ、口と鼻からは荒い息が洩れた。

「尿道口を診《み》てるだけだ。おとなしくしていなさい」

宇津木は落ち着いた医者の口調で言うと、輝いているようなピンクの器官をじっくりと見つめた。花びらの形も肉のマメを包んでいる細長い包皮の形も、聖水口の愛らしさも、会陰《えいん》の色も、男を呑み込む秘口のあたりも文句なしに上等だ。

「奥原先生、どうだ、五ミリぐらいのカテーテルでいいと思わないか」

宇津木は悪友に見せてやるために、やや体を横に移し、同時に、花びらをさらに大きくくつろげた。

奥原は剛直をヒクヒクさせながら、宇津木の指の間で輝いている器官を目を見ひらいて見つめた。

「ええ……五ミリくらいでいいと思います」

今すぐかぶりつきたいほどの美味《おい》しそうな器官に唾液を溢れさせながら、忠助はしばらく女園に見入っていたが、我に返ってこたえた。

忠助はＳＭプレイを長くやってきた。医療プレイもお手のものだ。宇津木という本物の医者が悪友だけに、ＳＭの道具を売っている店にわざわざ行かなくても、医療関係の道具ならいくらでも手に入る。カテーテルの太さについても詳しかった。

聖水口で感じる女は多い。〇・五ミリ刻みのカテーテルを徐々に太いものに替えていって遊ぶこともある。デリケートな器官なので清潔が第一だ。忠助は導尿行為など手慣れたものだった。

「婦長、五ミリのものを用意してくれ。そして、患部を消毒したら、きみは溲瓶が動かないように押さえておきたまえ。奥原先生に導尿してもらおう」

忠助は宇津木に導尿を任されたことで股間をひくりとさせて昂った。隣の病室でいたぶっていた看護婦もいい女だが、春華は女医。それだけで興奮の度合いがちがってくる。めったに女医を弄ぶ機会はない。それも、これほどの美貌と若さをもつ女医なのだ。

四肢を拘束されている春華だが、必死に腰を振って洋子の消毒から逃れようとしていた。動いていれば、カテーテルを差し込むことはできない。

「いやらしい患者さんね。ベッドで卑猥《ひわい》に腰を振ったりして。ここはラブホテルじゃないのよ。そんなに腰を振りたきゃ、男とふたりのときにして」

洋子の言葉に、春華はそれ以上腰を動かすことができなくなった。これからの不必要な行為は断固として拒みたい。けれど、ふたりの男がいるだけに、動きを止めるしかなかった。

消毒綿を持った洋子が、左手で肉の饅頭をくつろげ、右手でアヌスに遠い方、肉のマメのあたりから下に向かって、数回消毒していった。

「あう……」

冷たい消毒綿がデリケートな部分を過ぎていく感触に、春華はじっとしていることができず、身をよじって喘ぎを洩らした。

「あら、いやじゃないみたいね。消毒が感じたの？」

「不感症でなくて何よりだ」

宇津木は春華の屈辱の姿をウズウズしながら眺めていた。

こんなのっけから破廉恥に春華を扱ってしまったからには、今さら半端なまま放すわけにはいかないし、引き返せない。メス奴隷になるまで、この特別室に閉じ込めておくしかないのだ。

5

「奥原先生、排泄の手伝いなどいつも私がやっていることなのに、先生のお手をわずらわせてしまっては申し訳ありません」

「泌尿器科や婦人科は任せておきたまえ。ゼリーも貸してくれ」

奥原もゴム手袋をはめ、密閉されていた袋からカテーテルを出すと、側面にゼリーをつけた。導尿だけでなく、あとでカテーテルを使ってピストン運動をするつもりなので、ゼリーはたっぷりとつけておいた方がいい。

ゴム手袋をはめた奥原を見たとき、春華は嫌悪感に包まれた。宇津木と奥原の自分を見下ろしている目が診察時の医者の目でないように、その手も医療行為を行う手には見えなかった。忌《い》まわしい悪魔の手でしかなかった。

「触らないで！」

Vの字に大きく広げてベッドに括りつけられている脚を、春華は無理を承知で懸命に狭《せば》めようとした。

「先生の手で溜まったお小水を出して下さるというのに、触らないではないでしょう？　検査ならともかく、排泄させるのはたいてい看護婦の仕事なのよ。わかってるでしょう？　ありがたく思わなくちゃ」

洋子は最初のうちこそ春華を女医だと思い、苛立ちながらも丁寧な言葉を使ったり、芝居がかったやさしさを見せていたが、今では獣たちの冷酷な助手でしかなかった。

この状態で春華が解放されることはない。監禁された春華は、捕獲された一匹の動物として、宇津木と奥原に徹底的に嬲られ、肉奴隷となるために調教される。犬のように従順になってからしか解放されない。肉奴隷に堕《お》ちるしかない運命を背負った春華など、もはや怖れることはないのだ。

「尿道に傷がつくと大変だ。動かないように」

こうなると医療行為ではなく、たんなる破廉恥なプレイでしかないので、奥原の血は熱くなっていた。しかし、あくまでも冷静を装った医師の口調だ。

「こんなこと、いや！　お小水なんかまだしたくないわ……あう」

ふたたび激しく尻を動かしはじめた春華に、宇津木が脇から左右の太腿をグイッと押さえつけた。春華は肩先をくねらせて総身を動かした。

「しょうがない。婦長、革ベルトを二本出してくれ」

数秒後には洋子が両端にフックのついた黒革のベルトを手にしていた。幅数センチのベルトは正当な医療行為で使うことはなく、プレイで使うために置いてある道具だ。

宇津木はまずベッドの下のリングにベルトのフックを掛け、春華のウエストから反対側のベッドの縁《へり》に持っていって留めた。乳房の下も同じように拘束した。これで上半身は動かなくなった。

両脚ももっと強固に拘束できるが、自分の手で押さえつけるという快感はとっておきたい。宇津木はまた両方の太腿を脇から押さえつけた。

「よし、これで大丈夫だろう。患者を怪我《けが》させないように気遣うのは大変だ。朝比奈先生はできるだけわがままを言って我々の腕を試しているつもりかもしれないが、検査は着実に遂行するよ」

「先生ではなく患者の朝比奈さんです」

「おお、そうだった。つい忘れてしまう」

洋子のわざとらしい注意に、宇津木が笑った。焦《あせ》りからか羞恥からか、春華の総身に多量の汗が噴き出している。太腿もねっとりしていた。

「こんなこと……こんなこと……」

春華は理不尽な宇津木たちの行為に、言いたい言葉もスムーズに出てこなかった。怒りと恐怖のあまり、息苦しかった。

「では、膀胱保護のために、カテーテルを入れて小水を出してあげるから、力を抜いて」

ベルトでさらに拘束された春華に、奥原は鼻息を荒くしながら、ゴム手袋をはめている手で肉の饅頭を大きくくつろげた。

「くっ……」

気色《きしょく》悪さに、たちまち春華の皮膚が粟立った。やむなく挿入されるのならリラックスして我慢するが、強引な行為なのだ。怒りや屈辱しかなかった。

見るからにやわやわとして、ゼリーのようにピンク色に輝いている美しい粘膜の上部に、目立たない聖水口がある。おそらく春華はまだここをベッドの上で弄ばれたことはないだろうし、もちろん快感を感じたこともないだろう。人それぞれ感じ方はちがうが、春華がこの排泄器具でどれだけ感じてくれるか、奥原は楽しみだった。

右手に持ったカテーテルを、奥原は愛らしい排泄口に押し入れ、慎重に沈めていった。そのカテーテルの尻尾は、洋子が溲瓶の中に入れた。
三、四センチ挿入したとき、聖水が管を伝ってしたたりはじめた。奥原はさらに一、二センチ沈めて留めた。溲瓶にごく薄い琥珀色《こはくいろ》の液が溜まっていった。

「よかったわねェ。破裂する前にお小水が出てきて。したくないって言ってたけど、溜まってるじゃないの」

「おう、百cc以上は出そうだ。いや、二百ccくらい出そうじゃないか」

溲瓶に溜まっていく聖水を眺めている三人に、春華は羞恥の汗をこぼしながら喘いだ。夢だと思いたかった。こんなことが、理想の病院と言われている宇津木医院の一室で行われるはずがない。夢と思わなければ神経が参ってしまいそうだ。

タラタラとしたたっていた聖水が止まると、洋子がいったんカテーテルの途中をクリップで固定し、溲瓶を手に取った。それを宇津木が受け取って口を上にして掲げた。

「百十ccか。案外少なかったな。破裂する心配はなかったな。まあ、いろいろ患者体験もしておかないとな」

宇津木の言葉に、春華は言葉がなかった。ただでさえ酸素不足のように息苦しいのに、乳房の下に革ベルトがまわっているので、よけい呼吸が苦しかった。

「院長、患者体験でしたら、やっぱり溲瓶を当てた状態でお小水をしてもらわないと。トイレでしかできないなんて言われても困りますし、いちいちカテーテルでというわけにもいかないでしょう？　そりゃあ、身動きできない患者さんなら、留置カテーテルをつけておきますが。まあ、この状態なら動けないですから、それでもいいですけど」

宇津木は洋子が何を言いたいのか想像はついた。Ｍ女をいっしょにいたぶることもあるし、洋子は看護婦だけに医療プレイの知識は深い。

「体験してもらうにはどうすればいいと思う？　朝比奈さんの膀胱はすでに空《から》っぽになったしな」

「膀胱浣腸でいっぱいにすれば、いやでもせざるをえなくなると思いますけど」

「そうだな、よし、蒸留水三百cc、入れてみるか。生理食塩水でもいいが」

「いやあ！」

洋子と宇津木の尋常でない会話に、春華は叫びを上げた。

「おい、医療に詳しい先生がそんな声を上げてどうした。びっくりするじゃないか」

奥原は笑いたいのを堪えて言った。

「まったく、朝比奈先生は……いや朝比奈さんは大胆な芝居をするな。わざとだろう？　病院では膀胱浣腸というか、膀胱清浄なんかは日常茶飯事のことじゃないか。医学部を優秀な成績で卒業した女医のきみが」

「すぐそうやって院長は……今は患者さんです。困惑なさるじゃありませんか。ねえ」

血管が切れるほど怒っているかもしれない春華がわかるだけに、洋子はわざと笑顔を向けた。

「そうだった。いかんなあ。これから彼女のことを女医と言ったら罰金かな」

「それがいいわ。これから一回ごとに私と奥原先生に高価なディナーを奢《おご》って下さるというのはどうかしら。だったら、一カ月分くらいのディナーを確保したいわ」

「それはいい。晩飯が楽しみだ」

奥原がすぐに返した。

三人は春華の屈辱を余裕を持って楽しんでいた。

6

生理食塩水が二百ccの太いガラスシリンダーに吸い上げられ、カテーテルに繋がれた。

「朝比奈さん、入れますよ」

奥原はゆっくりとピストンを押していった。宇津木と洋子は奥原の手元と春華の表情を、交互に眺めていた。

春華は膀胱が膨らんでくる感触に胸を波打たせた。

「よし、あと百だ」

洋子はガラスシリンダーが空になると、今入れたものが洩れてこないように、看護婦として手際よくカテーテルをクリップし、空のシリンダーを受け取った。そして、すでに用意していた百ccのシリンダーを渡した。

膀胱容量には個人差があるが、大人はだいたい五百ccだ。それ以上注入すると、本当に膀胱破裂の危険が出てくる。その前に、二百五十ccから三百ccで尿意が起こるようになっている。

生理食塩水はじわじわと春華の膀胱を膨らませていった。最初にカテーテルを入れられたときも、まだ尿意はなかったが、強制排尿させられたことになる。しかし、今は確実に尿意に襲われはじめていた。

「やめて……あう」

なまじ知識があるだけに、春華はこれ以上注入されると危険だとおぞけだった。

「よし、三百でやめておこう」

偽医者の奥原も医療プレイで鍛えているだけに、カテーテルを外すと、春華のようすを窺った。

春華の総身には、多量の汗が滲んでいたが、ますます肌がねっとりと輝きだした。

「朝比奈さん、いつでもお小水して下さってけっこうよ。ちゃんと溲瓶は当てておきますから。恥ずかしがらなくていいのよ。こんなことで恥ずかしがってたら入院なんてできないわ」

勝利したように洋子は笑った。

「まだ入りそうか？　もう少し膀胱が膨らまないと、オシッコは出そうにないか？　あと百か二百ぐらい入れた方がいいようなら、そうしてもいいが」

宇津木にその気はなかったが、春華を動揺させるための言葉だった。

「婦長、あと百cc用意してくれ」

「やめて！　あ……」

叫んだ瞬間、春華の聖水口から、注入された生理食塩水が噴き出した。尿意が強かっただけに、噴き出す力も強かった。小水を途中で止める筋力はあるが、精神的にどん底ということもあり、口を半びらきにしたまま、出るにまかせるしかなかった。

「溲瓶でちゃんとできるじゃない。さんざん時間をとらせておいて」

洋子は排尿が終わったのを確かめると、秘園を消毒綿で拭《ふ》き、溲瓶を持ち上げた。

「さっぱりしただろう？　よほど衰弱している患者さんでない限り、入院当初は溲瓶を当てられてもなかなか出ないものだ。しかし、一度できたら、二度目からは抵抗なくできるはずだ。よかった、よかった」

宇津木は汗まみれの春華を見下ろして、微笑した。

「ついでだ、カテーテルを入れられる感触、もう一度味わってもらおうか」

奥原は新しいカテーテルを取ってゼリーをつけ、尿道口に押し込んでいった。

「くっ……」

「力を抜いて」

数センチ押し込んだ奥原はゆっくりと引いた。また押した。聖水口で遊んだことがないと思われる春華のために、奥原は慎重に出し入れを繰り返した。

「く……あう……んん」

間延びしたようなカテーテルの出し入れが繰り返されていると、春華は気色悪さと恐怖のなかで、妖しい感覚が芽生えはじめているのに気づいた。

「あ……あは……」

思わず唇から喘ぎが洩れた。

「あら、いいお声。カテーテルを入れるのはいやじゃなかったの？　何だか気持ちよさそうじゃないの。そんなところをいじられて気持ちいいの？」

「おいおい、そんなことを言うもんじゃない。いい声が出るのはいいことだ。緊張がほぐれてきたということだ」

宇津木は洋子を戒《いまし》める素振りをしたが、内心、楽しんでいた。自分の手で春華を辱めたいが、奥原の興が乗っているのがわかるので、楽しみを中断させるのは悪い。まだまだこれからいくらでも屈辱の行為はできる。この特別室に連れ込んだからには、初日から慌てる必要はない。

「ああう……うく……はああ」

春華はつい顎を突き出し、眉間に小さな皺を寄せて喘いだ。下半身が痺《しび》れるような快感に満たされはじめていた。ノーマルな性の経験しかない。尿道口を刺激されたのははじめてだ。

いくら大学時代から医療器具に触れてきたとはいえ、オナニーやセックスのとき、そんな道具を使ったこともなければ、使って欲しいと思ったこともなかった。道具を使って楽しむことなど考えたことすらなかった。

（どんなに院長たちが言い訳しても、今やっていることはただの破廉恥な行為でしかないわ……私をどうする気……こんなにして、一生ここに閉じ込めて玩ぶつもりじゃないでしょうね……）

下腹部の妖しい快感と裏腹に、これまで以上の恐怖が駆け抜けていった。総身が鳥肌だった。

宇津木たちは、春華の全身の皮膚を覆っていった波のような粟立ちを、聖水口の刺激に対する快感のためとしか思わなかった。

奥原はデリケートな器官を傷つけず、なおかつ快感を導き出すために、ゆっくりゆっくりとカテーテルを動かしつづけた。ゼリーをいじりまわしているような視覚と感触だ。

「んん……いや……くっ」

深い深い地下の暗闇に隔離されているような怖れの中で、春華の聖水口から総身に向かって、ひたひたと確実に快楽のさざ波が広がっていた。

（だめ……ああ……いや……）

自分を見下ろしている宇津木と洋子に、春華はもうじきやってきそうな絶頂の予感を怖れ、頭の上でひとつに括られている両手の拳を握り締め、足指を擦り合わせた。外のことを考えて、意識を秘園の感覚から逸《そ》らそうとした。けれど、妖しいとしか言いようのない快感は、あるときから急カーブを描いて上昇していった。

「いやっ！　くっ！　しないで！　そんなこと……ああっ！　んんんっ！」

ついにエクスタシーが春華の全身を襲った。硬直し、顎と胸を突き上げた春華は、ぬめつく白い歯を見せて恍惚の表情をした。

美しい絶頂の顔に、宇津木は瞬きを忘れて見入った。奥原はカテーテルの動きを止め、花びらがシュッと咲きひらく瞬間を観察した。洋子はふたりの男がますます春華に夢中になるだろうと、意地悪く嫉妬し、歯軋《はぎし》りした。

会陰から後ろのすぼまりに向かって透明液が流れ、器官全体をぬるぬるにまぶしていた。

春華は恥ずべき大きな法悦のあと、奥原がわずかに動かすカテーテルに、小さな悦楽の波を何度も味わっていた。

「まあ、お小水をするところをいじられて気をやるなんて、朝比奈さんっていやらしいのね」

洋子も聖水口をそうやって可愛がってもらったことがあるが、春華ほどのエクスタシーは感じないだけに、嫉妬と口惜しさがますます増幅されていった。

「診察台の上でシーツが汚れるほどジュースを出すなんて、まったく呆れるわ」

法悦の波が治まりかけたとき、洋子はまたも意地悪く言った。

「婦長、もうあっちの仕事に戻っていいぞ。朝比奈さんも疲れただろうから、しばらく休憩だ。ガン検は明日からでもいい」

「ジュースを拭かなくていいんですか？」

「後の始末は自分でするからいい」

奥原はカテーテルをそっと抜いた。最初から5分以上続けると、器官を傷つけてしまうかもしれない。

「奥原先生にベトベトの患部を拭いていただくなんて申し訳ありませんね」

洋子は奥原にも苛立った口調で言った。

「婦長も疲れたようだな。きょうはもうじき勤務も終わりだろう？　ゆっくり休んでくれたまえ」

「今夜は可愛がってもらうわよ。何が優秀な女医よ。尻の青い小娘じゃない。今夜は時間をつくって」

洋子は宇津木の耳元で言った。

「朝までは無理だぞ。せいぜい二時間だ。場所と時間はあとで伝える」

洋子が春華に嫉妬しているのは聞くまでもない。春華を調教し終えるまでは協力してもらわなければならないことも多い。宇津木は洋子の機嫌を損なわないように、やむなく短時間だけ、つき合ってやることにした。

洋子はそっぽを向くようにして出ていった。

「婦長は優秀なんだが、やや気が荒いところがあってな。それはさておいて、きみが尿道口で気をやることができるとは思わなかった。ほかにもいろんなところで感じるんじゃないか？」

宇津木はニヤリとした。

口をあけている春華はかすかに唇を震わせていた。奥原は消毒綿で秘園を拭くとき、わざと最初に肉のマメを押さえつけた。

「くうっ！」

敏感になっている春華は、それだけで新たな絶頂を迎えて痙攣《けいれん》した。

第三章　会員制サロン

1

宇津木と洋子の舌は蛇《へび》のように絡み合い、唾液を貪《むさぼ》りあった。

三十七歳とは思えないほど、洋子のウエストは引き締まっている。だが、痩《や》せていることが美だと勘違いしている最近の若い女たちの色気のない躰とちがい、その腰には、熟女らしい肉がほどよくついていた。

宇津木は熱心なキスを装っていたが、早く次の場所に移りたかった。当初は、洋子と二時間ばかり汗を流したら、春華を拘束している特別室に戻るつもりだった。しかし、かつて調教した女を売り渡した相手から、たまには顔を出さないかと電話が入った。

さっさとこのホテルから出ていきたいのを我慢しているのは、春華のせいで洋子がいつになく不機嫌で、今、機嫌をとっておかないと、数日、病院で苦労することになるのが目に見えているからだ。

気の強い洋子を今さら馘《くび》にもできない。婦長としてはやり手だし、口外できない院内の秘密もすべて知っている。こうなったら腐れ縁で、最後までつき合うしかない。

唇を離した宇津木は、大きめの乳首を口に含んで吸い上げた。すでにコリッとしこり立っている。

色素は薄い方ではないが、それがかえって洋子には似合いで、レザーのコスチュームでも着せてピンヒールを履《は》かせ、一本鞭《いっぽんむち》でも持たせたら、世のM男は、それだけで股間を反り返らせるのではないかと思える雰囲気を持ち合わせていた。

サディスティックな宇津木が女王様タイプの女に手をつけたのは、鼻っ柱をへし折ってやったらどんなに清々するかと思ったためだが、一度抱いただけでその気をなくした。M性などまったくといっていいほど持ち合わせていない女だということは、ベッドの上の動きや言葉でわかった。

通常、女も男も、S性とM性を両方とも持ち合わせているものだが、洋子のM性は欠如していた。リーダーシップをとりたがる。それでいて、男が自分より劣ると気にくわないのだ。

「たまにはバックからさせろ」

「ふん、最初からそう言われちゃ、まるでメス犬になるみたいじゃない。私は騎乗位がいいわ」

「じゃあ、サービスしてもらおうか」

「何言ってるのよ。下からしっかり突いてもらわなくちゃ」

「上に乗ったら女が動け。下は疲れる。尻の青い若造じゃないんだ。おれは還暦過ぎたんだぞ」

「元気がないのを威張ることないじゃない」

洋子は宇津木の顔を跨《また》いだ。

「ナメて」

「もうちょっと色っぽくなったらどうだ」

「いくら色っぽくても、アソコの具合が悪けりゃ、どうしようもないわよ。私のお道具は上等なんだから。宇津木医院の院長のお墨付きだもの」

雇われているとはいえ、洋子は宇津木に一歩も譲る気配がない。

洋子だから許しているが、宇津木は他の女にはこんなことはさせない。恥じらうM女に強引に顔を跨らせるのは嗜虐的でいいが、いくら同じ行為でも、洋子が自ら積極的に宇津木の顔を跨いで舐めろと命じているのは、M男に対する行為だ。

「それ以上近づけるな。そこでストップだ。ナメるのはオ××コを見たあとだ。すぐにケツを落としてもナメてやらないからな」

洋子は膝をついて躰を伸ばした。

ほどよい距離になった洋子の秘園を、宇津木は左右の親指でくつろげた。

ぽってりした肉厚で大きな花びらと、その内側のぬめぬめした秘口は、獲物を待つ食虫花のようだ。肉のマメも細長いサヤを膨らませて、しっかりと存在を主張している。まるで洋子の性格そのもののような生殖器だ。

「どう？　このごろすっかりご無沙汰だから懐かしい？　それとも、やっぱりあの女医の方がいいの？」

嫉妬と憎悪のこもった口調だ。

「おまえの亭主は精力的らしいじゃないか。亭主だけで満腹になるだろう？　一日二回も三回もやってくれるのなら、今さら他人に嫉妬することなんかないじゃないか」

「ふん、セックスなんて回数じゃないわよ。一日十分のセックスを三回されるより、一時間か二時間こってりとしたセックスを週に一回した方がましよ」

「ほう、いつから亭主は十分になったんだ。だけど、腰を動かしてる時間が十分ならましだぞ。舐めまわすのも入れて十分なら、おまえは亭主に、ものでも投げつけるかもしれんな」

軽口を叩いた宇津木は、くつろげた秘園に息を吹きかけた。

「あは……もういいでしょ？　いやらしい舌をアソコに入れてヒダヒダをナメまわしてよ」

洋子の腰が落ちた。

鼻の周辺で仄《ほの》かに漂っていたメスの匂いが、一気に宇津木の鼻腔に流れ込んだ。シャワーを浴びているとはいえ、ねっとりしたキスのあとだけに、誘惑臭も濃くなっている。

宇津木は全体を舐めあげたあと、舌を秘口に差し入れ、洋子の要望どおりに膣ヒダをこすりまわした。

「あう……院長の舌はいやらしくていいわ……入り口の下の方もつついて……あは……そう……今度は全部ナメて。クリトリスは唇で挟んでよ」

宇津木はいちおう要求どおりのことをしてやったが、こんな格好で女の言いなりになるのは本意ではない。それに、こんなことをしていたら、放免されるのはいつになるかわからない。

「いつまで俺を焦《じ》らすつもりだ。久しぶりだというのに、そうそう待てないぞ」

機嫌を損ねないように言った宇津木はずり上がると、洋子の腰を抱き寄せて重なった。それから、すぐさま自分の硬い肉茎をつかんで洋子の秘口に押し入れた。

「あら、いつからせっかちになったのよ」

「久しぶりなのに、ムスコじゃなく舌を入れろと意地の悪いことを言うからだ」

宇津木は肉ヒダの中で肉茎を二、三度、膨張させた。

「みろ、ムスコがこんなに悦んでるぞ」

「そのヒクヒクを百回続けて」

「バカ言うな」

「だったら、私が百回締めつけてあげましょうか。イチ、ニー、サン……」

洋子は数えながら肉ヒダで剛直を締めはじめた。毎日アヌスをすぼめて8の字筋を鍛えているというだけあって、よく締まる。しかし、かなりの力で一物を握ってマスターベーションする男の力にかなうはずがない。それに、時間が気になって、洋子の百回締めもさほど面白くはない。

「おお、おまえのオ××コはいつも凄いな。だけど、百回までおとなしく待てると思うか？」

宇津木は洋子の背中を抱いて一回転し、上になった。そして、出し入れをはじめた。

「ずいぶん前戯が短いじゃない。早くあの女医のところに戻りたいんでしょう？」

洋子はほかの女のようにはいかない。どんなに美辞麗句を並べても、宇津木の心がここにないのを悟っている。

「戻りたくないと言ったら嘘になるが、実は林《はやし》先生との約束があったのを忘れていたんだ。料亭を予約してあるらしい。すっぽかすわけにはいかん。出がけに思い出して、遅れるとは言っておいたが、二時間も三時間も遅れるわけにはいかんだろう？　おまえに悪いと思って、言わなかったんだ」

に渡した。
「チッ。確かめさせてやる。林先生にあと一時間半で着くと言ってくれ」
ひとつになったまま携帯電話に手を伸ばした宇津木は、番号を押すと、林が出る前に洋子
「嘘ばっかり」

「あ……林先生でいらっしゃいますか。宇津木医院の婦長の尾沢でございます」

洋子はベッドの上とは微塵《みじん》も疑われない口調で言った。

「院長から、あと一時間半で着くからとの伝言でございます」

『相変わらず忙しいんだな。あと一時間半も待たされるのか。まあ、しかたない。しかし、婦長のようなてきぱきした看護婦がいて助かると、いつも院長が誉めている。うちにもきみのような人材が欲しいところだ』

洋子と林の会話は宇津木にも聞こえていた。

電話が切れると、宇津木はふたたび抽送を再開した。

「おまえと会わずに向こうに行けば、当初の約束に間に合ったんだ。俺のおまえへの気持ちを少しぐらいわかってくれたらどうだ」

それにはこたえず、洋子は自分から両脚を宇津木の肩に載せた。

「ああ、いい気持ち。今夜は勘弁してあげるわ。でも、この次はじっくりよ」

「ああ、女医の調教をやりながらの気分転換にはもってこいだ」

洋子はフンと鼻を鳴らした。

宇津木は深く繋がった洋子を、スピードや角度を変えて突いた。

そのうち、グチュッ、ジュプッと、破廉恥な抽送音がしてきた。

「いつ聞いてもいやらしい音だ。おまえのオ××コは人いちばい猥褻だからな」

喉を伸ばして悦楽の声をあげる洋子を、宇津木は徐々に激しい抜き差しに変えて絶頂へと導いていった。

2

「やっと無罪放免だ」

会員制のサロンに辿り着いた宇津木は、林に大きな息を吐いて見せた。他の客はいない。別室でプレイをしているのかもしれない。大小のプレイルームが揃っていた。

「いくら優秀な婦長とはいえ、そんな関係になると苦労するな。いつも最低限の機嫌をとっておかないと、いつ具合の悪いことを世間に公表されるかわからんからな。面倒な爆弾を抱えてるようなもんじゃないか」

「そのとおりだ」

「まあ、身から出た錆《さび》だな」

同じ大学の同期ながら、宇津木と林は医学部時代はあまり交流はなかった。それが四十歳近くなって、ある秘密のパーティで顔を合わせ、急接近するようになった。今では無二の親友と言っていい。

林のビューティクリニックは、テレビでCMも流している流行《はや》りの美容外科医院だ。数人の医師を雇って多くの患者を診ているので、出費も多いが稼ぎも大きい。

「で、気に入りの女医、そろそろやってくるころじゃないのか」

林はすでに宇津木から春華のことを聞いていた。

「きょうから勤務だ」

宇津木はニヤリとした。

「なんだ、そんな日に婦長とセックスするとは、女医は見かけ倒しだったのか」

「いや、気に入ってる。ちょっと可愛がったあと、特別室のベッドに括りつけてきた。調教が終わるまで、あの部屋から出すつもりはない」

「取り込み中と言ってくれたら、無理に誘いはしなかったのに。女医が淋しがってるぞ」

「なあに、奥原がいるからゴソゴソやってるだろうさ」

「ああ、あいつは根っからの好き者だな。一度会っただけでわかった。二度目には呆れた。並の精力じゃないな。だから事業も成功するんだろうが。で、女医の具合はいいのか」

「具合？」

「アソコの具合に決まってるじゃないか」

林は唇を歪めた。

「残念ながらまだ抱いてないんでな。きょうは強制排尿や膀胱浣腸をしたあと、尿道を責めてやった。初体験と思うが、カテーテルの出し入れでイッたぞ。あとが楽しみだ。しかし、膀胱浣腸の提案をしたのは婦長だ。婦長の奴、闘争心丸出しだ。春華は年下とはいえ女医。婦長は女医の手伝いをしなくちゃならん。だから、こき使われる前に鼻っ柱をへし折っておきたいんだろう。面白い反面、出しゃばりすぎると邪魔になる。まったくあいつには困ったもんだ」

「いくら肉体関係がある女とはいえ、院内では院長としての威厳を保っておかないと、泣きを見ることになるぞ。女を勝手放題にさせておくと増長するだけだ。しっかりしろ」

ポンと肩を叩かれた。

「あんたにそんなことを言われちゃ、俺もおしまいだな」

宇津木は苦笑した。

「一戦交えたあとじゃ、やる気はないか？　たまにはいっしょに責めるのも面白いと思ったんだが」

林はドアの向こうを顎でしゃくった。

「婦長とのナニはスポーツみたいなもんだ。女を相手にしたうちには入らんさ。久しぶりに、もえぎに会えると思うと、妙に心が騒ぐ。冷えたビールでも呑んでから楽しませてもらおう」

宇津木はカウンターの中にいるマナカに、ビールを注文した。サロンのオーナーの調教済みのメス奴隷だ。

黒いレザーのトップレス姿のマナカは、乳首に太いニップルピアスのリングをつけている。左右のピアスにはプラチナの鎖が通され、乳房の谷間の下に、ネックレスのように垂れていた。

髪はベリーショートに短く刈られているが、きれいな頭の形を強調することになり、ロングヘアよりかえって女らしく見えた。

サロンのオーナーは、数軒の宝石店を経営している長谷川《はせがわ》だ。性器ピアスを施した女の翳りを、一本残らずレーザー光線で永久脱毛してくれないかと長谷川に頼まれた林は、すぐに同類だと直感し、それから懇意の仲になった。

マナカは社員募集の面接の時点で目をつけられ、メス奴隷として飼い慣らされるために雇われた女だ。そんなことを知らないマナカは、雇われて日が浅いにもかかわらず、長谷川に食事に誘われたり、ブランドもののバッグや服を買ってもらえることで、特別視され、愛されている幸福感に酔っていた。

妻子ある長谷川と結婚したいと思った。結婚が無理なら、このまま愛人でもいいと思った。長谷川は金があるだけでなく、これまでつき合ったどんな男より紳士的だった。おまえのためにマンションを借りたいが、どうする？　言われたとき、すぐに頷《うなず》いた。しかし愛の巣だと心弾《はず》んで引っ越した先は、調教のための密室となった。

やさしいセックスをしていた男が、不意にマナカを括り、拘束し、破廉恥の限りを尽くしていたぶった。マナカは三カ月もの間、部屋から一歩も外に出ることは許されず、日夜繋がれ、排泄さえも自由にならなかった。

恐ろしい男だと思った。けれど、プレイが終わり、かつてないやさしい言葉をかけられ、抱きしめられると、それまでの苦痛が帳消しになった。そしてまた、破廉恥な責めが待っていた。また逃げたいと思った。しかし、最後はやさしくされることで、長谷川に心が傾いてしまう。

いつしか恥辱と苦痛さえ快感になっていた。けれど、あるとき、長谷川の見ている前で、故意に見知らぬ男たちに次々に犯されたとき、冷酷非情な男の本性を知ったような気がした。だが、それさえ、愛しているからだと言われてしまえば、長谷川の愛の形なのだと思うしかなかった。

マナカの持っていた何割かのマゾの資質を長谷川は最大限引き出し、もはや拘束具のいらないメス奴隷にまで育てあげたのだ。

「おまえの主人が、そろそろクリトリスにピアスをしたいと言っていたぞ。嬉しいだろう？」

林の言葉にマナカは一瞬目を見ひらき、コクッと喉を鳴らした。

「クリトリスの真ん中を貫かれるんだ。ピアスの中でもいちばん痛い奴だ。失神しないようにしろよ。ニップルピアスのようにはいかないぞ」

「おい、医者のくせにそう脅《おど》かすな」

「何人かのクリトリスに穴をあけたことがあるから言ってるんだ」

「完全に脅しだな。悪い医者だ」

言葉と裏腹に、宇津木もマナカの怯えを楽しんでいた。

「痛いほどに興奮する女さ。マナカ、そうだろう？　きょうは貞操帯はつけられてるのか。出てきて見せてみろ。ほら、さっさと出てこい」

マナカはカウンターから出ると、林の脇に立った。

林がレザーのミニスカートを捲り上げた。ツルツルに剃り上げられた股間が現れた。インナーはつけていない。

「どうやら貞操帯じゃないらしいな。もっと足をひらけ」

主人である長谷川から言いつけられているので、マナカは客である会員の命令にも従わなければならない。肩幅ほどに足を広げた。

マナカの左右の肉饅頭にはピアスが施してある。アウター・ラビアピアスだ。きょうは左右にそれぞれひとつずつリングが通してあるだけなので、セックスは可能だ。

このふたつのアウター・ラビアピアスのリングに短い鎖が通してあれば、鎖が邪魔になり、秘口への肉棒の挿入ができない。左右の肉饅頭を繋ぐ細い鎖が貞操帯の代わりになるのだ。

林はクリトリス包皮を剝き上げて眺めた。宇津木もいっしょに覗き込んだ。さほど大きくない肉のマメだ。採《と》れたての真珠玉のようにキラキラと輝いている。

「縦に貫くか真横にするか考えておくんだな。そのくらいはおまえの意見を聞いてくれるだろう」

「横に貫いてるのが多いから、縦もいいかもしれんぞ。しかし、小さいからマメが崩れないといいがな」

さっきまで林に脅すなと言っておきながら、宇津木はマナカの怯える顔を眺めて頬をゆるめると、剝き上げられているマメに、指に浸した冷えたビールをなすりつけた。

「あう……」

せつない喘ぎとともに、マナカの太腿が震えた。

「いい声だ。このマメを食いたくなった。そこのテーブルに横になれ」

宇津木は顎をしゃくった。

「おい、もえぎともやるつもりなんだろう？　いくら元気でも年を考えろ。一晩で三発は無理だ」

「なあに、本当にマメを食うだけだ」

宇津木はわざと舌なめずりしてみせた。

マナカはボックスのテーブルに仰向《あおむ》けになった。しかし、脚はテーブルからはみ出すので、足先は絨毯の上だ。その脚を大きく押しひらいた宇津木は太腿の間に躰を入れて、ピアスの施されている肉饅頭を割った。マナカの秘園は濡れていた。

春華にも、いずれピアスをしたいと宇津木は思った。だが、大陰唇のピアスより、花びらのピアスの方がいい。それも片方だけというのが宇津木の趣味だ。ピアスを施されたメス奴隷は多いが、誰もが飼い主の好みでピアッシングされているので、その場所もまちまちだ。

「マナカもスケベな女になったもんだな。見られるだけでトロトロとジュースをこぼすようになったんだからな。オ××コが太い奴を突っ込んでくれと言ってるぞ」

そのとき、林はマナカの乳首を貫いているピアスのリングを引っ張り上げた。

「あ……」

マナカが眉間に皺を寄せた。

宇津木は林の悪戯《いたずら》を見ると、股間に頭を突っ込んで、肉のマメを吸い上げ、甘噛《あまが》みした。

「くっ」

マナカが胸を突き上げた。

「先生、マナカのオ××コがベトベトだ。ニップルピアスなんか引っ張ってないで、自慢のムスコを突っ込んでやったらどうだ。俺はもえぎとやりたい。もうマメは味見したからいい」

「簡単に突っ込めばいいってものじゃないだろう？」

「聞いたか、マナカ、あとのことは次の客におねだりするんだな」

宇津木は指を三本、マナカの秘口に押し込んで、何回かグリグリと肉ヒダを掻《か》きまわした。

それから、蜜にまぶされた指を出してメスの匂いを嗅ぐと、マナカの口に押し込んで舐め取らせた。

3

別室のプレイルームは、それぞれちがった雰囲気がある。林の入った部屋はチェーンロックもついている八畳ほどの部屋だ。

真っ赤なガーターベルトとメッシュの黒いストッキングだけつけているもえぎは、七、八十センチばかりの高さのベッドに拘束されていた。右手首と右足首、左手首と左足首をひとつにして赤いロープで括られ、思い切り左右にひらいて壁の両側に繋ぎ留められている。尻はベッドから高く持ち上がり、股間は裂けるほど大きくひらかれている。肉アワビだけでなく、スミレ色の後ろのすぼまりまで丸見えだ。

もえぎの恥丘の翳りは、林のイニシャルのHを残して剃毛《ていもう》されていた。さほど大きくないイニシャルだが、字の格好からして、黒い小さな蛾《が》が張りついているようにも見える。

「久しぶりだな。いい格好じゃないか。そんなにアンヨをひらいていたんじゃ、オ××コが風邪でもひくんじゃないか？」

もえぎは、林が自分を調教した宇津木を連れて戻ってくるとは思っていなかっただけに、ロープを引っ張ってもがいた。すでにプレイを開始していたのか、ソフトソバージュの髪が、頬や首筋にへばりついている。

「宇津木院長に何か挨拶しないか。おまえをメス犬に育ててくれた恩人じゃないか」

林は晒されている内腿を素手で力いっぱいひっぱたいた。

「あう！」

弾んだ肉音と同時に、もえぎの悲鳴が上がった。

二十五歳とはいえ童顔で、まだ学生にしか見えないもえぎだが、ピンクのルージュを塗った唇はやけにセクシーだ。

宇津木は最初、全体の雰囲気とはアンバランスの、やけに妖しい唇に魅せられ、自分のものにしたいと思った。今も、もえぎの唇はぬめったように光っている。唇のあわいからチラッと白い歯が覗くとき、淫らさが際立つ。

赤い手形がついた内腿を、林はさらに六条鞭《ろくじょうむち》を取って打ち叩いた。

一本鞭は、振り下ろしたすべての力が鞭の先にかかる危険な鞭だが、先が六本に分かれている六条鞭は、力が六分の一に分散される、お遊び用の鞭だ。九本に分かれている九尾鞭は、さらに威力が弱くなる。もっと軽いものがバラ鞭だ。

「お、お久しぶりです、院長先生」

もえぎは慌てて口をひらいた。

「もっと気の利いたことは言えんのか」

林は反対側の内腿も、赤くなるほど数回打擲《ちようちやく》した。

「あうっ！　院長先生……もえぎをうんと辱めて下さい……くっ！」

「ふふ、おまえは破廉恥なことをされるほど濡れる女だからな。それにしても、しっかり可愛がってもらってるようで色艶がいいじゃないか。特にケツの色がな」

宇津木はひくついている菊の花を見て歪んだ笑みを浮かべた。

もえぎのすぼまりは硬く、男のものを受け入れられるようにするまでには時間がかかった。拡張をはじめたばかりのころは、細いものを入れても狂わんばかりに泣き叫んでいたというのに、そのうち、後ろでもエクスタシーを感じるようになった。そのときの、肉茎を喰いちぎらんばかりの締めつけは、秘口では味わえない強烈なものだ。

「乳首もでかくなったようじゃないか」

宇津木はアズキのような乳首を捻《ひね》りあげた。

「あうっ」

もえぎは反対側に胸を突き上げたが、宇津木は乳首を抓んだまま放さなかった。親指と人差し指の腹で引っ張りながら揉みしだいた。

「あは……あう」

元々敏感なもえぎは、手足の自由がないだけに、皮膚の感覚がいっそう鋭くなっている。眉根《まゆね》を寄せて、セクシーな唇から鼻にかかった喘ぎを洩らした。

「今夜は忙しかったから、おまえに土産《みやげ》を用意する時間がなかった。あとでマツタケを腹一杯食わせてやることぐらいしかできないぞ」

「何よりの土産だ。もえぎはマツタケが大好物だが、私がなかなか食わせてやらないから、今の言葉を聞いただけでヨダレをこぼして悦んでるぞ」

後頭部と背中の上半分がベッドに着いているだけで尻は高く浮き上がっているだけに、もえぎの秘園は天井を向いている。透明液がじんわりと滲み出しているのは、頭の方にいる宇津木からもよく見えた。

「おお、まったく派手にスケベ汁を出すようになったもんだな。そんなにケツを突き出してオ××コを広げられていたんじゃ、オッパイなんか触ってる場合じゃないな」

「ああ、オ××コとアヌスでもいじってやってくれ。いつでも好きな格好にしていいぞ」

林に譲られ、宇津木はもえぎの下半身に移った。

くすんだローズ色の花びらは、ほっかりした饅頭を割ってはみ出した餡《あん》のようだ。元々大きなクリトリスは、包皮から顔を出している。後ろのすぼまりはアナルコイタスを日常的にされているせいか、熱をもったようにもっこりと盛り上がっていた。肉付きのいい尻たぼだけに、天井を向いた姿勢はやけに獣欲をそそる。

見られるだけで濡れているもえぎの柔肉の狭間に、宇津木はテーブルに載っている太めのバイブをねじ込んでいった。

「んんん……あうっ！」

バイブを押し込まれるときの喘ぎのあとの短い叫びは、林が右の乳首を、洗濯挟みに似た鈴のついた責め具で締めつけたためだった。林はネジをまわし、しこっている乳首を締め上げている。

「痛い！　ああう！　許して」

鼻頭を染めて哀願するもえぎにかまわずネジを締めた林は、左の乳首を刷毛《はけ》でくすぐりはじめた。

「うくく……あは……あう」

痛みとくすぐったさに、もえぎは顔を歪めて肩先をくねらせた。

宇津木はバイブを秘奥まで押し込むと、スイッチを入れた。グイーンという音とともに、振動とくねりがはじまった。

宇津木はバイブを沈めたまま、六条鞭を取った。上を向いているもえぎの右の尻肉に、容赦ない一撃を振り下ろした。

「ヒッ！」

硬直した瞬間、秘口からバイブが押し出された。

宇津木はふたたびバイブを膣ヒダ深く沈めると、左の尻肉を打擲した。

「あうっ！」

バイブが飛び出した。再度バイブを押し込むと、林がニヤニヤしながらバイブの端を手で押さえた。そして、片手は相変わらず左の乳首を刷毛でくすぐり続けた。

バイブが押し出される心配がなくなったところで、宇津木は打擲のしがいがある尻肉を左右交代に打ちのめした。赤い鞭の痕《あと》が白い尻に模様をつけていった。

「ヒッ！　あう！　くっ！　いやあ！」

もえぎは乳首の痛みとくすぐられるもどかしさ、女壺に沈んだバイブの振動の心地よさと鞭の痛みという四つの異なった刺激を同時に与えられ、声を上げながら腹部を波打たせた。

両手脚を引っ張っているロープが激しく揺れた。

4

表向きはジュエリーショップの経営者である長谷川のＳＭサロンの一室で、宇津木院長とビューティクリニックの院長である林は、もえぎへの責めを続けていた。

右手と右脚、左手と左脚をひとつにして括られ、大きく開いて拘束されているもえぎの尻は、天井に向かって高々と掲げられている。破廉恥で滑稽な格好だ。

「い、痛い!」

しこり立った乳首を責め具で締めつけられているため、もえぎの苦悶《くもん》の色は濃くなっていった。

宇津木の手にしている六条鞭が、幾筋もの赤い線のついた尻肉をさらに打擲した。

「ヒッ!」

もえぎの悲鳴がほとばしると、乳首の責め具についている鈴は、意地悪く涼やかな音を奏でた。

鞭が振り下ろされるたびにもえぎの総身の筋肉は緊張し、秘芯に押し込まれているバイブを押し出そうとする。そのたびに林はニヤニヤしながら、人差し指一本で浮き上がったバイブを押し込んだ。

「おまえのケツは叩きがいがある。そうやってオ××コといっしょに突き出されると、ひっぱたかないと悪い気がしてくるし、ひっぱたいたあとはケツにぶち込みたくなる。いつからこの格好をしてるか知らんが、そろそろケツにぶっとい奴をぶち込まれたいところじゃないのか」

六条鞭を置いた宇津木は、鞭痕《むちあと》のついた尻たぼを撫でまわした。

「おいおい、もう本番か。まだ三十分も経ってないぞ。堪え性がなくなったのか」

林が呆れた顔をした。

「朝までというわけにはいかんからな。だが、まだぶち込みはしない。もえぎのケツはきれいにしてあるんだろう？」

「いちおうはな。最近は千ccぐらい浣腸してやっても物足りない顔をするようになった。ケツをいじってやれば狂ったような声を上げるし、日に日に好き者になってくる。そのうち全身がケツとオ××コになったりしてな」

「そういえば、フィリップ・ロスの小説に『乳房になった男』というのがあった。こいつの場合、『アヌスになった女』ってとこかな」

ふたりが卑猥に笑うと、熱を持ったようにぽってりしているもえぎの菊口が、羞恥にひくついた。

「前も後ろも感じるとは幸せな奴だ。ノーマルな男とつき合っていたら、一生、ケツの味を知らないままに終わっていたんだぞ。天国と地獄のちがいだと思わないか？　俺たちに感謝してるんだろうな？」

「ありがとうございます……」

宇津木に見つめられたもえぎは、慌てて口をひらいた。

「メス犬って奴は、いい飼い主に会うと、毎日が天国だ。捨てられないように、せいぜい主人に忠実でいろ。林院長ほどの財力があれば、代わりの犬はいくらでも買えるんだ。そのあたりのこと、忘れるなよ」

「いや、メス犬の方が飼い主に飽きるかもしれないぞ。たまには別の主人に売られたくなるかもしれん。長く同じ主人に責められていると、たまにはちがう責めが欲しくなるだろうさ」

「そいつは俺に対する皮肉か」

もえぎを売った宇津木は、林の言葉にクッと笑うと、平手でピシャリともえぎの尻たぼを打ちのめした。それから、ゆっくりとバイブを出し入れした。貪欲《どんよく》な唇のように、秘口はバイブを喰い締める。バイブを引っ張れば、女壺はまるで真空になっているような抵抗を示した。

「スケベジュースのたっぷりついたバイブを、しっかり咥えてろ。吐き出したら仕置きだ。生半可《なまはんか》な仕置きじゃすまないからな」

ベトベトになっているバイブを引き抜いた宇津木は、男を魅了する妖しい唇にそれを突っ込んだ。艶《あで》やかな唇は、太いバイブの形に丸くなり、ますます淫靡《いんび》な器官と化した。

天井を向いている豊臀《ほうでん》は、ねっとりと汗ばんでいる。

手術用のゴム手袋をはめた宇津木は、スミレ色の菊皺を揉みほぐしはじめた。もえぎの小鼻がふくらみ、白い喉がコクッと鳴った。

初めてもえぎを軟禁して菊壺に触れたとき、硬すぎるつぼみは指一本さえ用意に呑み込めなかった。秘口が硬かっただけではなく、これまで体験したことのないアブノーマルな行為を受け入れることができないもえぎが、全身で拒否しようとしたこともある。それが、今では執拗に焦らすと、耐えきれなくなって腰を振って催促するまでになった。

「うぐぐっ……」

宇津木が菊口に中指を沈めていくと、バイブを咥えているもえぎは、顔をのけぞらせ、白い首をのばして、くぐもった声を上げた。

指一本を入れただけでも菊口の締めつけはきつい。まずはゆっくりと根元まで沈めて第一関節まで引き出した。奥を掻きまわしてもたいした快感は生じないので、感度のいい菊口付近を重点的に責めた。

「ぐ……ぐぐぐ」

天井を向いた尻が快感にくねった。いったん中指を出して人差し指を添え、二本にして、ねじりながらふたたび菊口に押し込んでいった。

「ぐ……」

汗を滲ませたもえぎの総身が、艶やかなピンク色に染まっている。

指一本をやっと咥え込んだ菊口が、今は二本の指を咥え込んでいる。奥まで沈めてじっくりと抜き差しし、浅い部分で掻きまわした。

「ケツでぶっとい奴を咥えられるようになっていながら、細いものを締めつける力が衰えてないのは誉めてやる。ゆるまないようにいつも8の字筋を鍛えておけ」

「だいぶ太い奴が咥えられるようになってるぞ。直径五センチが可能だ。こいつのちんまりしたアヌスにしては上出来だろう」

林はその大きさのバイブを差し出してみせた。

「フィストファックできるようになるまで訓練させるつもりなのか」

「いや、私はアヌスやオ××コに腕が入ってるのを見ても興奮しない。入れようとも思わない。ほどほどがいい。腕なんか入るようになったケツやオ××コは、肝心のムスコを咥えるのに役立たなくなる。ゆるんだ穴なんかには魅力なしだ」

二本の指を出した宇津木は、薬指も添えて三本にしてアヌスに押し込んでいった。

「ぐ……」

もえぎの腹部が大きく波打った。だが、心得ているだけに、すぐに、鼻からゆっくりと息を吐きはじめた。緊張していた菊口がわずかにゆるんだ。それに合わせて宇津木の指が沈んでいった。一本でも二本でも三本でも、同じようにギリギリと締めつけてくる。もえぎとのアナルセックスを悦ばない男はいない。後ろも名器だ。

菊壺の三本の指を動かしながら、宇津木の左手はびっしょりと濡れている秘園の蜜を周囲にこすりつけるように動きはじめた。

「ぐう……」

アヌスだけで十分に昂まっていたもえぎは、外性器をいたぶりはじめた指に、手脚の先や髪の生え際までジンジンとした。両手脚を拘束されて動けないだけ感覚は鋭くなる。しかも、腰は宙に浮いている。快感に耐えるには、尻を振りたくるか声を上げるしかないが、口をあけてバイブを落とせば、どんな陰湿な仕置きが待っているかわからない。

「んぐ……ぐぐ」

汗を噴きこぼしているもえぎは、バイブを咥えた口をすぼめてくぐもった声を上げながら、前と後ろのいたぶりに身悶えた。閉じられない唇の端から、口中に溜まった唾液がダラダラと流れはじめている。溢れる蜜液も秘園全体をぬるぬるにしていった。

「マメをおっ立てて、上と下のヨダレは垂れ流し。まったくもえぎは好き者だな」

アヌスから指を抜いた宇津木はローションを菊口の周りから中まで塗り込めると、直径五センチのバイブをねじ込んでいった。かなり抵抗があるが、菊花を引き裂くこともなく、確実に沈んでいく。限界まで広げられた菊口の皺は伸びきった。

「指一本押し込まれただけでメソメソしていた最初のころが嘘のようだな」

宇津木は太いバイブを呑み込んだアヌスに目を細めた。

もえぎは小鼻をひくつかせながら胸を喘がせ、大きな目を見ひらいている。バイブの脇から流れ出しているヨダレは、首筋に向かっていた。押し込まれたバイブが落ちそうになるのを必死に堪えているために唇が震え、バイブも細かく震えている。

アヌスのバイブを抜き差ししようとすると、それを放すまいとするように、菊口がもっこりと盛り上がっては沈む。バイブは、まるでスッポンに噛みつかれているようだ。

宇津木はアヌスのバイブのスイッチを入れ、全体を振動させた。ブーンと昆虫の羽音のような低い唸《うな》りが広がった。

5

「んんっ……ん……ぐ」

もえぎの菊口は鋭い性感帯だ。振動によっていっそう大きな快感に満たされ、小水を洩らしたように蜜液をしたたらせている。

「貪欲なケツだ」

振動をやや強くした。

「ぐっ」

もえぎの口からバイブが転がり落ちた。

「イ、イク……」

「まだイクのは早いぞ。バイブを咥えてろと言ったはずだ。仕置きされたいってわけだな」

宇津木はアヌスに押し込んでいるバイブから手を放し、六条鞭で尻を打ち叩いた。

「ヒッ！　あうっ！」

二度、三度と打擲するたびに、アヌスに沈んでいたバイブが浮き上がってきた。そして、数回目の鞭が飛んだとき、ついにバイブは菊口から押し出されてベッドにポロリと落ちた。

だが、咥えたものを吐き出したあとも、すぐには元のキンチャクのようにはすぼまず、ピンクの粘膜を晒け出したままだ。

右の乳首を締めつけたままの責め具の鈴が、チリチリとせわしなく鳴っている。宇津木はその責め具をややゆるめると、一本鞭を取った。少し離れて狙いを定め、責め具を鞭で打ち落とした。

「ヒイッ！」

責め具が乳首からもぎ取られる瞬間の苦痛と恐怖に、空気を吸い込むようなもえぎの悲鳴が広がった。

宇津木は唇をゆるめながら、左の乳首にも新たに責め具を取りつけた。

「せっかくだ。こっちも打ち落としてやる」

「いや……しないで」

もえぎの腹部は恐ろしいほどの凹凸《おうとつ》を繰り返した。

「バイブを咥えてろと言ったのに、許可もなく吐き出した罰だ」

冷酷にもえぎを見下ろした宇津木は、鞭を振り上げた。

「ヒイッ！」

鞭が空《くう》を飛び、もえぎの乳首の責め具をみごとに打ち落とした。鈴音といっしょに、悲鳴と小水もほとばしった。

「なんだ、これくらいで洩らすとは呆れた奴だ」

「腸だけじゃなく、膀胱にも管を突っ込んで空にしておくべきだったな」

林はマナカを呼んだ。

「ああ、いやっ。だめ」

失禁したことを同性に見られるのを恥じたもえぎは、マナカが入ってくると慌ててロープを引っ張った。

「こんな格好のまま洩らしたんだ。きれいにしてやれ。アソコは口でやれよ」

「いやっ！」

もえぎは濡れた尻を激しく振りたくった。

「もういちどこいつを鞭で打ち落とされたいか」

鈴のついた責め具を見せられたもえぎは息を呑み、泣きそうな顔をした。

サロンに来る客にも絶対服従と主人の長谷川から命じられているマナカは、破廉恥に括られているもえぎに近づいた。尻が上を向いているので、小水は翳りを濡らし、腹部から胸へと伝っている。

マナカは小水で濡れているところだけでなく、汗ばんだもえぎの躰を丁寧にタオルで拭いていった。括られている手や足の指の間まで拭いたが、上向きの秘園や菊花には触れなかった。

ふたりの男が見守る中、タオルを置いたマナカは押し広げられたもえぎの股間の前に跪《ひざまず》き、やや背を屈《かが》めて、小水で濡れた部分を清めるために、会陰から肉のマメに向かって舌を動かした。

「くうう……」

生あたたかい舌で敏感な部分をなぞられたもえぎは、総身を硬直させた。マナカは主人の肉棒に奉仕するように、熱心にもえぎの秘所を舐めまわした。

「あう……いや……くっ」

手脚をひとつにして左右に引っ張っているロープは、ピンと張っている。それでも、宙に浮いている尻はマナカの舌戯に耐えきれず、左右にくねった。

「舐めてしゃぶっていかせろ。こいつはケツもよく感じるから、後ろもうんとサービスしてやれ」

宇津木はそう言いながらマナカの背後に立つと、レザーのミニスカートに手を入れた。ツルツルに剃り上げられているマナカの肉饅頭の方まで手を伸ばし、ワレメを探って秘口に中指を押し込んだ。

マナカの動きが一瞬止まった。

「続けろ！」

宇津木に叱責《しっせき》され、マナカはまた舌を動かしはじめた。舐めまわすほどにもえぎの秘芯はヌルヌルが溢れ、清まるどころか、いっそうべとついてくる。

最初から大きかった肉のマメはますます充血し、サヤから丸々とした顔を出している。マナカは肉のマメを唇の先でチュルリと吸い上げた。

「くっ！」

もえぎの尻が震え、百八十度近く広がっている太腿が痙攣した。

マナカは愛らしい女の秘園に顔を埋《うず》め、花びらや聖水口、大小陰唇のあわいの肉溝などを、舐めたり吸い上げたり舌先でこねまわしたりした。チャプチャプ、ピチョッと、淫猥な舐め音がするようになった。

「んん……んんんん……」

もえぎの総身の震えに合わせ、ロープも振動している。

マナカは舌を動かしながら、菊花に指を置いて揉みしだきはじめた。

「くうう……」

すでに責められたあととわかる、やわらかい菊の襞だ。秘所から蜜を掬い取って菊口に塗りつけたマナカは、人差し指を菊壺に沈めていった。菊襞はやわやわとしているが、中心は硬くすぼまり、一本の指さえ締めつけてくる。

「あう……」

宇津木の指が膣襞をこねながら肉のマメをねっとりと揉みしだきはじめると、今度はマナカが喘いだ。命じられている行為を続けるために気を紛《まぎ》らわせなければと、マナカはいっそう熱心にもえぎのアヌスに入れた指を動かしながら、秘所を舐めまわした。

「んん……んんん……イク……もうすぐ」

もえぎの眉間の皺が深くなった。

「やめろ！」

宇津木の命令でマナカが舌と指の動きを止めた。無情な言葉に、絶頂間際のもえぎの躰が弛緩《しかん》した。

6

宇津木はもえぎを拘束していた縄を解いた。天井を向いていた尻がベッドに落ちた。手首と足首に鮮やかな縄目がついている。

「犬になれ」

もえぎはヨロヨロと四つん這いになった。

「マナカ、いやらしい犬のケツをこれで叩きのめせ」

幅十センチほどの黒革のスパンキングベルトを渡すと、マナカは戸惑いを見せた。

「さっさとしろ」

不承不承、マナカはスパンキング用のベルトを持ち、もえぎの尻を叩いた。力が入っていない。

「一本鞭でオ××コを叩かれたくなかったら真剣にやれよ、マナカ」

ハッとしたマナカは、肩の横まで持ってきている腕を力いっぱい振り下ろした。スパンキングベルトが、バシッともえぎの尻たぼを打ちのめした。ヒッと声を上げたもえぎは、躰を支えている腕を震わせた。

「マナカ、尻っぺたの右と左を交互に打ちのめせ。もえぎ、犬の格好を崩したら、クリトリスにたっぷりと熱い蠟《ろう》を落としてやるからな」

ふたりの女は仕置きをされないために、汗をこぼしながら命じられたことを守ろうと必死だ。

パシッ、ヒッ！　パシ！　あうっ！

打擲音と短い悲鳴が交互に上がった。

唇をゆるめた宇津木と林は、傍らのソファに座ってふたりを見物した。ベルトが太いだけ、さほど痛みはないはずだ。それに、しょせん、マナカの力など知れている。

「おまえたちを見ていると眠くなる」

マナカからスパンキングベルトを奪った宇津木は、容赦ない一打をもえぎの尻たぼに浴びせた。

「ヒイッ！」

もえぎの体がつんのめった。

「クリトリスを蠟燭《ろうそく》責めにして欲しいようだな。マナカ、蠟燭に火をつけろ」

「いやっ！」

もえぎが逃げ腰になった。

「焼き栗も美味しそうだな。観念してアンヨをひらけ」

林も立ち上がり、もえぎを仰向けにして両手を押さえつけた。

「いやっ。許して……下さい」

「クリトリス包皮を切除されたいか。今からやってもいいんだぞ」

林はビューティクリニックの院長だけに、ＳＭ愛好者には性器ピアスを幾度も頼まれている。クリトリス包皮切除などお手のものだ。敏感な肉のマメを包んでいる大事な包皮を切除される恐ろしさに、もえぎは命じられるまま脚をひらくしかなかった。

マナカが赤い和蠟燭に火をつけて宇津木に手渡した。

「ふふ、蠟でこんがり焼けたオマメの味が楽しみだ」

宇津木はびくついているもえぎをさらに不安がらせる言葉を吐いた。それから、蠟涙《ろうるい》がデリケートな肉のマメに落ちたとき火傷《やけど》させない距離を、長年のプレイの勘で瞬時に測った。

「動いたらオマメの皮を切除するからな」

林も、もえぎの怯えを楽しんだ。

宇津木が蠟燭を傾けると、蠟涙はまっすぐに肉のマメへと落ちていった。

「ヒイッ！」

さんざん恐怖を植えつけられた後だけに、もえぎは蠟が肉のマメにしたたり落ちた瞬間、滑稽なほど全身を硬直させて、金属のような悲鳴を上げた。

蠟涙が肉のマメを火傷させるはずがない。ＳＭプレイに長《た》けた宇津木が、蠟涙を落とす距離の目測を間違うはずがない。もえぎの恐怖が、熱くもない蠟を熱いと感じているだけだ。

「よし、もう一度だ」

胸を波打たせているもえぎの足指が、気を紛らわすようにせわしなく擦れ合った。

「ヒイッ！」

またも蠟涙はみごとに肉のマメを直撃し、敏感な器官の上に赤く固まった。

「オ、オマメを虐めないで……」

恐怖に震えているもえぎだが、秘芯はびっしょりと濡れていた。宇津木と林によって、完全に被虐の女になっている。哀れみを乞う自分の言葉にさえ快感を感じているはずだ。

「虐めないでか。よし、これで最後にしてやる。そのかわり、うんと近くから落とすぞ」

十センチほど低い位置に蠟燭を移すと、もえぎの秘口からこれまで以上に多量の蜜液が溢れ出した。

宇津木はその位置からふたたび元の高さに蠟燭を戻して、蠟涙を落とした。

「ヒイッ！」

悲鳴の後で、もえぎの総身はエクスタシーの痙攣を繰り返した。

宇津木は裸になると、もえぎの柔肉のあわいに剛棒を突き入れた。膣襞はまだ軽い収縮を繰り返している。グイグイと肉杭を突き動かすと、肉襞がひくつきながら剛棒に巻き付いてくる。

「マナカ、蠟燭だ」

再び赤い和蠟燭を手にした宇津木は、合体したまま、もえぎの乳首に蠟涙を落としていった。

「くっ！」

肉襞と秘口が肉棒を締めつけた。宇津木は左右の乳首に交互に蠟涙を落としながら、そのたびにきつく締まる女壺の反応を楽しんだ。

　蠟燭をマナカに渡した宇津木は、いったん肉棒を女壺から抜き、愛液にまぶされたそれを、グイッともえぎの口に押し込んだ。

「オ××コの匂いがプンプンだろう？　おまえはオシッコを洩らしたように濡れる淫乱女だからな。汚したものをピカピカにしろ」

　もえぎはメスの匂いのする肉茎を、擦《す》り切れるほど舐めまわしながら、皺袋《しわぶくろ》を揉みしだいた。どんなことをされようと、宇津木はかつての主人、そして、今も今後も隷属するに値する男だ。

「また達者になったようだな。もういい。ケツを向けろ」

　これから宇津木の肉棒が菊口に押し込まれるのがわかる。もえぎは被虐に酔いながら四つん這いになった。

　肉茎にコンドームを被せた宇津木が、菊蕾にワセリンを塗り込めた。赤くなっているもえぎの菊花は、期待と不安にひくついている。秘口からタラリと、蜜が糸を引くようにしたたり落ちていった。

「うぐっ……」

　太いものがアヌスに押し込まれると、もえぎは征服され、蹂躙《じゅうりん》されている快感に泣きたいほどの至福を感じた。

「あああ…ご主人様」

「ケツで咥えるとうまいか」

「ああああ……はい」

「もっと喰え！」

腰を引かれて押し込められるたびに、もえぎは顎を突き出して身悶えた。

「さあ、こっちもしゃぶれ」

もえぎの顔の前に、林の太い肉杭が現れ、強引に唇に割って入った。

第四章　ジェラシー

1

深夜の宇津木医院は静まり返っているが、ナース控室には明かりが灯《とも》っている。二十四時間、看護婦は交代で働き続けなければならない。緊急のことがない限り、朝までぐっすり眠ることができる宿直医師とはちがう。

林院長の誘いで長谷川のサロンでもえぎを可愛がってきた宇津木は、その前に婦長の洋子と一戦交えたこともあり、さすがに疲れを感じていた。

(奥原と春華の奴、どうしてるかな……)

こんな時間まで起きているとは思えないが、やっと手に入れることができた高級な獲物だけに気にかかる。

非常口を通って特別室に入った。

奥原もいっしょとばかり思っていたが、春華しかいなかった。両手を一つにして革枷《かわかせ》をはめられ、診察台ではない寝室のベッドのヘッドボードのポールに繋がれている。胸から下に薄い毛布が掛けられていた。

「解いて」

一睡もしていなかった春華は、意外な時間にやってきた宇津木に哀願した。

「ひとりじゃ、淋しくて眠れないか」

「お願いです。こんなことはやめて下さい」

「体験入院だと言い聞かせているのに、優秀な女医ともあろうきみが、子供のように駄々をこねるとは思わなかった」

宇津木は毛布を剝いだ。

「いやっ！」

春華の躰がくねった。

春華の腰には使い捨て用の紙オムツが当てられていた。健康な美貌の女医だけに滑稽だ。春華が自分の姿を恥じているのがわかる。顔が赤らみ、みるみるうちに汗が滲み出した。

「オムツは替えなくていいのか。どれ、見てやろう」

疲れていたはずの宇津木だったが、春華を見ているとムラムラとしてきた。患者のオムツを替えたりしたことはないが、進んで交換してやろうという気になる。

「いやっ！　いやっ！」

　春華は尻を振りたくって宇津木の手から逃れようとした。それが何もならないと知ると、ありったけの力を振り絞って足蹴りまではじめた。

「元気だな。医者や看護婦は体力がなければやっていけない。このくらい元気だと安心だ」

　抵抗されるほど宇津木の力は漲った。獲物は元気な方がいい。すぐに素直に従われては調教の面白味がない。

「ほら、いい子だ。オシッコで濡れてると気持ちが悪いだろう。そんなに暴れると、よけいに蒸れるぞ」

　宇津木は脇の方からオムツに手をかけると、下半身の抵抗を楽しみながらずり下ろしていった。

　ほっくらした紙オムツに小水の跡はなかったが、汗で湿っぽく、嗅ぐと、やや饐《す》えた妖しいメスの匂いがした。

「やめて……」

　オムツに鼻を近づけて匂いを嗅ぐ宇津木に、春華は屈辱を感じて、いっそう熱くなった。

「オシッコはしていないようだが、やっぱりアソコの匂いはこもるもんだな。きみのオ××コの匂いは大歓迎だが」

　唇の端を歪めた宇津木に、春華は、ますますプライドを傷つけられて顔を背《そむ》けた。

「トイレはいいんだな？　まさか、尿道でイク快感を覚えて、自力でする気がなくなったんじゃないだろうな？　カテーテルを入れてソコを刺激してほしいというのなら、今すぐにしてやってもいいんだぞ。私には何も遠慮しなくていいんだ」

何を言っても軽くあしらわれるだけだと、春華は無言で首を振り立てた。

「明日……いや、もうきょうになったが、またガン検の続きだ。睡眠は十分にとっておいてもらわないと困る。まだ子宮ガンの検診も直腸診もやってないからな」

ガン検などただの口実で、辱めるためだけに行われることはわかっている。春華はひとりになってから、ここから逃げ出すことだけを考えていた。しかし、このままではベッドに横になっていることしかできない。

「運動させて下さい。せめて少しでも歩かせて下さい。このままじゃ、躰がおかしくなります」

人は寝ている間に何度も寝返りを打ったり手足を動かしたりしている。固定されて横たわっているのは苦痛だ。春華は両手をひとつにして括られたまま、何度か躰を回転させていたが、長時間に及ぶ拘束に疲れ果てていた。

「よし、運動だ」

春華が隙《すき》を狙って逃亡を企てているのはわかっている。それでも宇津木はヘッドボードのポールから春華を解放してやった。

春華はひとつになっている両手を差し出した。

「医者や看護婦の言うことは素直に聞けるのか？　体験入院中は患者としての自分を受け入れてもらわないと困る」

春華は神妙に頷いた。

宇津木は、この嘘つきめ、と内心笑った。還暦を越した宇津木にとって、いくら春華が女医とはいえ、まだ小娘でしかない。騙《だま》されたふりをして、手首の革枷を解いてやった。どうせ、素っ裸で逃げる勇気はないだろう。

「服を着ていいですか……」

春華は片手で下腹部を、片手で乳房を隠した。

「何を言ってるんだ。すぐベッドに横になるのに服なんか着ることはない。ほんのちょっと運動するだけじゃないか。足の屈伸運動からはじめよう」

宇津木は両膝に手を当てて、ラジオ体操のような屈伸をはじめた。春華はさりげなく周囲を窺っている。いつ逃げ出すか、あるいは、凶器となるようなものを手に取って襲いかかってくるか、ふたつにひとつだろう。

春華は足元のスマートな青磁《せいじ》のフロアスタンドを手に取った。宇津木は笑い出したくなった。

「私の手を括ってたもので自分の足首を括って。でないと、これを院長の顔に投げつけるわ」

春華の息が弾んでいる。

「そんなものを投げられちゃ、鼻が折れるかもしれんな」

「早くして！」

「足首を括ったら歩けなくなるじゃないか。どうせ括るなら、二人三脚といきたい。きみも足を一本出せよ。素っ裸のきみと服を着た私じゃ、ちょっとチグハグだから、私も服を脱ごうか」

宇津木はゆっくりとネクタイをゆるめて外し、背広を脱いでいった。

「そんなことはしなくていいから、早く自分の足を括るのよ！」

春華は床に落ちている革枷を、苛立ちながら宇津木の方に蹴った。

春華が床に目をやったその一瞬を逃さず、宇津木は春華に体当たりしていった。

「あっ！」

手にしたスタンドは床に落ち、春華の躰はあっというまに床に押さえつけられていた。

「ふふ、私をやけに甘くみてるようじゃないか。これでも学生時代は柔道をやっていたし、今も躰だけは鍛えているんだ」

春華の顔は恐怖に強張《こわば》り、苦しそうな荒い息が口と鼻から洩れた。

「太い注射でもしてやらないと、なかなかお利口になれないようじゃないか。太い注射がほしいのか。うん？」

2

宇津木は好色な笑いを浮かべた。

「私には恋人がいるわ……昨日、連絡するはずだったから、おかしいと思ってるはずよ。何日も連絡が取れないのは不自然だから、そのうち、ここにようすを見に来るはずよ」

春華の声は震えていた。

「恋人か。そんなの嘘だ」

「本当よ。私たちは将来を約束してるの。毎日連絡を取り合う約束をしているの」

「ほう、本当にいるなら、そいつは誰か言ってみろ」

「私の携帯を取って。連絡すればわかることよ」

「さて、誰に連絡するやらな。勉強熱心で、デイトする時間もなかったようだと大学病院の先生たちから聞いている。恋人らしい男がいないのはわかっている。男は私が見つけてやろう。男には富と力がなくてはな。とくにきみのような素晴らしい女医には、それなりの男でないと似合わない。いい男がつくように、私が教育してやる。医学のことも、セックスのこともすべて私に任せておくといい」

唇を合わせようとすると、春華は激しく首を振り立てた。

「恋人のことはみんなに隠してただけよ。いっしょに医学部を卒業した清水《しみず》という人が私の恋人なの。わかったら放して！　今すぐここを出ていきます」

春華は宇津木の躰を押しのけようとした。

「ほう、清水か。どういう男か調べてみよう。結果が楽しみだ。私のひとことで、そいつの将来がだめになるかもしれないぞ。医師会での私の力がどれほどのものか、知らないわけじゃないだろう？　そいつを生かすも殺すもきみ次第というわけだ。出世させてやってもいいんだ。ただし、別の女をつけてな」

宇津木の余裕のある笑いに、春華はとてつもない失敗をしてしまったことに気づいた。追い詰められているとはいえ、簡単に清水の名前を口にした軽薄な自分を呪いたかった。

「口は禍《わざわい》の元だな」

宇津木は薄い笑みを浮かべた。

「きみに男がいた。しかも、卵とはいえ、同じ医者となると、意地悪をしたくなる。その清水とかいう男のペニスが、まだ私のペニスの入っていないきみのヴァギナに何度も突っ込まれたかと思うと、私も早く押し込んでおかなくてはまずいという気になる。そうでなくても、いい子でなかったきみに、お仕置きの太い注射をするつもりになっていたが」

「いやあ！」

喉が切れんばかりの叫びを上げた春華だったが、防音が完璧な特別室からは外に洩れることはなかった。

春華は床に落ちていた革枷でふたたび両手をひとつにして括られ、ポールに拘束された。

「助けてっ！　いやあ！」

春華が叫びながらポールから逃れようと暴れている間に、宇津木は裸になった。鍛えているというだけあって、実際の歳より十以上は若く見える躰だ。

宇津木は春華をポールから解放し、両手も自由にした。自由な手でさっそく春華は宇津木を押しのけようとした。春華をひっくり返した宇津木は、背中を押さえつけて小気味よく盛り上がっている尻肉を、ひっぱたいた。

「ヒッ！」

「上等のケツだ。肉のつき具合がちょうどいい」

左右交互にパシパシと打ちのめすと、すぐに尻たぼに赤い手形がついた。

「ヒッ！　あっ！　ヒッ！　やめて。痛い！」

打擲されるたびに、尻の骨が折れるのではないかと思えるほど激しい痛みが走った。春華の目尻に涙が滲んだ。想像できないほど宇津木の力は強い。

打擲をやめて宇津木は、春華を起こしてベッドに放り投げた。

「私が目をつけた女は、私の望みどおりの女になってもらう。おまえは最高の女医であると同時に、最高のメスでなくてはならん。どんな立派な男も悦ばせることができるメスになってもらう。この特別室に来る患者は最高の客だ。名のある医者に政治家、実業家たちだ。おまえはその上客の相手をするんだ。これまでのような大学病院に勤める医者の延長じゃ、勤まらないんだ。私は院長として、おまえの躾も徹底的に磨いてやる」

この言葉こそが真実なのだ。春華は自分が医者としてだけでなく、娼婦のような女として宇津木医院に迎え入れられたことを認識するしかなかった。

春華の両手を胸の上で押さえ込んだ宇津木は、片手で肉の饅頭のあわいを探り、乾いている秘芯を、女を知り尽くしている器用な手でいじくりまわした。会陰、花びら、肉のマメ、膣の浅い部分の上や下と、微妙にちがうタッチでいじりまわしていると、春華は小鼻をふくらませた。

「濡れてきたぞ。女は乾いたらおしまいだ。いじられていい声を上げ、いい顔をすれば、男は悦ぶ。そうだ、その顔だ」

「あう……くっ」

声を出すまいとしても、宇津木の指には快感の壺を探る目がついているようだ。春華の躰は確実に熱く燃え上がっていった。

「んんん……ああっ」

「もうすぐイキそうじゃないか、こんなにヌルヌルを出して、そんなにいいか」

春華は首を振ったが、眉間に深い皺が刻まれ、唇のあわいから切ない喘ぎが洩れた。肉のマメが脈打ち、鼓動も速くなっている。

「いまイッたら最高だろう？　だが、そうはいかん。ぶっとい奴を入れて下さいと言ってみろ。指より気持ちよくしてやるぞ」

春華は激しく首を振り立てた。

ニヤリとした宇津木は秘園から指を退《の》けると、コンドームを取って歯で袋を開け、中指に被せた。

「オ××コで感じるのは当然だ。おまえは尿道でもイクことができた。必ずケツでもイケるようになる」

宇津木の中指は会陰を滑って後ろのすぼまりに辿り着くと、菊の皺を揉みほぐしはじめた。

「くう……いや……しないで……そこは……ああっ……いやっ……んんんんっ」

腕を押さえ込まれている春華は、尻をクネリクネリと振りたくり、指から逃れようとした。

「明日はずっと直腸を検査してやる。何度も浣腸してきれいにして、ピンクの腸壁がピカピカになるほどきれいになったら、ここにペニスが入っても痛くないように拡張をはじめてやろう。おまえの躰についている穴という穴は、男を悦ばせるための道具になるんだ」

おぞましさと恐怖に春華は鳥肌だった。指が後ろのすぼまりに滑り込んだ。

「くっ！」

新たに皮膚が粟立ち、その瞬間、髪の生え際が逆立つような冷たさが走り抜けていった。

「硬いな。ゆるいんじゃ話にならんが、まるで肉の一部というより、無機質なものに挟まれているようだぞ」

中指をアヌスに押し入れたまま、宇津木の親指はぬめった花びらや肉のマメを擦《こす》りはじめた。

「くうう……」

「ふふ、そうだ、後ろのつぼみが動いてきた。最初は後ろをいじられると気色悪いかもしれんが、すぐに泣きたいほどよくなる。おまえの躰が敏感なことは、とうにわかっている」

包皮から飛び出した肉のマメをいじりながら、菊口に押し入れている中指をわずかに沈ませては引き出す宇津木は、春華のかすかな表情も見逃すまいとした。

理知的な顔が屈辱と苦悶に歪む姿は美しい。みるみるうちにねっとりとした汗が総身の皮膚を覆っていった。ハアハアと荒い呼吸をするようになった春華の鼓動が、手首を押さえ込んでいる胸から、直接、宇津木の手に伝わってくる。

「いや……やめ……て」

春華は掠れた声を出した。正常な声さえ出ないほど、アナルをいじられる感触は薄気味悪い。しかし、妖しい疼きも伴っている。蜜にまぶされた肉のマメは、親指で軽やかに擦られているために、昂まりは確実に迫っている。

「まだ欲しくないか。うん？」

第一関節までしか沈んでいなかったアナルの指が、第二関節まで押し込まれていった。

「くうう……」

「欲しいと言ってみろ。言うまで後ろの指はだんだん深く沈んでいく。根元まで沈んだら二本になる。そして、次は当然三本だ」

「ヒイイッ！」

さらに押し込まれたすぼまりの指に、春華の全身がおぞけだった。

根元まで押し込まれた指が引き抜かれた。

「今から二本だ」

「いや！　待って！　しないで！」

「私の太い奴が欲しい、そういうことか？　はっきりと自分の口で言ってみろ」

今まで後ろのすぼまりに沈んでいた中指を顔の前に差し出して見せた宇津木に、春華は顔を背けた。

3

「よし、二本だ」

「いやっ！　後ろはいや！」

「焦れったい女だ。ぶっとい奴をくれと言えないのか。こうしてほしいんだろう？　ほら、しっかりと咥え込め」

濡れた秘口に肉柱を押し当てた宇津木は、グイッと腰を沈めていった。

「んんっ」

春華は生まれて初めて力ずくで犯されていた。プライドをもぎとられ、恋人の存在を無視され、女医の誇りも根こそぎもぎ取られていた。

「上等のオ××コだ。最後の最後にココが粗マンだったら泣くに泣けないからな。私の目に狂いはなかった。これなら、男たちは満足するだろう」

奥の奥まで剛棒を沈めた宇津木は、肉ヒダの感触や締まり具合を味わって、すぐに合格点をつけた。使っていると、またひときわ具合がよくなりそうな女壺だ。

「私のものは気に入ったか。ちょうどいい太さだと思うがな」

膣ヒダをいっぱいに押し広げて奥まで入り込んでしまった肉茎に、春華はとうとう宇津木の餌食になってしまったのだと、口惜しさに唇を震わせた。

「ちっとも嬉しそうじゃないな。セックスは肉と肉の繋がりだけじゃなく、心と心の繋がりとでも言いたいか。しかし、私はおまえを私の持ち物にしてみせる。立派な肉奴隷になってもらう。反抗できる間に精いっぱい反抗しておくんだな」

勝者の笑みを浮かべた宇津木は、春華の両手を押さえつけて腰を動かしはじめた。女に快感を与えるだけではなく、オスとして蹂躙したメスの体内に精液を噴きこぼすための行為だ。

「いや……あう」

春華は宇津木の手を必死に払いのけようとしたが、ビクともしなかった。

不敵《ふてき》な笑みを浮かべた宇津木は、歳よりはるかに若い屈強な肉体を規則正しく浮き沈みさせた。追い詰めた獲物を、軽く指先でいたぶっているような快感だ。数度浅く沈めた後、グイッと渾身の力を込めて貫いた。

「ヒイッ！」

内臓を突き破られるような衝撃に、春華は顎を突き出して悲鳴を上げた。何度か浅く突いて、その後に鋭いひと突きがやってくる。快感はなく、痛みと恐怖だけがつのった。もうじき内臓を突き抜けるほどの衝撃がやって来ると思うだけで、総身が強張りそうになる。

「ぐっ」

激痛に襲われた春華は、今度こそ子宮を突き破られ、内臓を抉《えぐ》られたのではないかと思った。

「許して……もう許して……いや……許して下さい……ヒイイッ！」

春華の恐怖に歪む顔は、宇津木の征服欲を満たした。婦長の洋子とベッドインしても、けっして味わえない快感だ。スタンドを手に襲いかかる振りをして逃げようとした、さっきの春華の面影《おもかげ》はない。

女壺に深々と剛直を突き刺された春華は、ピンで刺された標本の昆虫のようだ。だが、昆虫は死んで標本にされる。春華は生きたまま貫かれていた。貫かれたメスの身悶えと叫びが、宇津木に精神的なエクスタシーを与えていた。

「ヒッ！　許して……」

「フフ、私がイクまでつき合ってもらう。簡単にイクような歳じゃない。清水とかいう若造のようにはいかんぞ」

目を細めた宇津木は、押さえつけていた腕を放すと、両脚を肩に載せて、より深い体位をとった。

春華はそれだけで息が止まりそうになった。宇津木が腰を揺すりはじめた。子宮頸《しきゅうけい》にピタリとはまっている亀頭がバイブレーターになり、子宮に直接、妖しい刺激が伝わってくる。

「あ……ああっ……あ」

これまでとちがう声が洩れた。

「いい声が出るじゃないか。若造はこんなことはしてくれないだろう？」

春華は慌てて口を閉じた。

「そうか、これはいやか。じゃあ、別の体位だ」

春華は今の振動を続けられれば、じきにイッてしまうような気がしていただけにホッとした。宇津木の手でイカされたくはなかった。しかし、それは甘かった。

結合を解いた宇津木は、逃げようとする春華の足首を引っ張ってたぐり寄せ、ひっくり返して腰を掬い上げた。

高々と持ち上がった尻の双丘を鷲摑《わしづか》みにして押しひらいた宇津木は、ほどほどに茂っている漆黒の翳りと、丸見えの肉の饅頭の内側の器官を観察した。短い時間とはいえ、激しい抽送をしたために、花びらが赤くふくれてめくれ上がっている。

もがく春華に一瞥《いちべつ》を送った宇津木は、真後ろから肉柱を一気に押し込んだ。

「うぐっ」

潰された蛙《かえる》のような声を上げた春華は、串刺しになった。

「バックからの方がいいか」

宇津木は容赦ない抽送に入って、グイグイと突きまくった。そのたびに春華は悲鳴を上げて汗を噴きこぼした。

「ヒイッ！　こ、壊れる……あうっ！　ぐっ！」

なすすべもなく春華は尻だけ掲げた格好で揺れ動いた。腕を立てる余裕も力もなかった。

シーツに着いた頰が、激しい肉茎の出し入れのたびに擦れた。

女壺がひりついてきた。蜜が乾いてくると、結合したまま肉のマメを指で揉みしだかれ、ふたたび抽送がはじまった。

宇津木が気をやったとき、春華の花びらは丸々と充血し、芋虫《いもむし》のように膨れ上がっていた。

風呂に引っ張っていかれ、秘壺の中まで指を入れて洗われた春華は、ベッドに連れ戻された。

「しっかり眠って体力を回復しろ。余計なことを考えないで眠れるように、ケツに睡眠剤を入れておくからな」

　座薬をアヌスに押し込まれた春華は、疲労と薬の作用で眠りの底に沈んでいった。

4

「せっかくの特別食を、この患者、一口も摂《と》ろうとしないんです」

　深夜、春華が強引に宇津木に抱かれたことを知らない洋子は、押し黙っている春華に憎々しげな視線を向けた。室温は適温に保たれているので、洋子はわざと毛布を剝ぎ、オムツを当てられている春華を冷ややかな目で見下ろしていた。

「環境の変化による欲求不満だろう。口から食べられないなら、栄養剤の点滴もあれば、胃に流し込むこともできるし、直腸に吸収させる方法もあるじゃないか。看護婦はいつもスマイルだ」

　宇津木の言葉に、洋子はなおさらムッとした。

「こんな我儘《わがまま》な患者に笑って接しろという方が無理です。こちらがストレスで参ってしまいます。最低の患者です」

これまでここに連れてこられたどの女より、洋子の春華に対する嫉妬は大きい。宇津木はこれ以上、洋子を春華に近づけるのはよくないと判断した。

宇津木は洋子を院長室に連れていった。

「私といいことをした翌日だというのに、機嫌が悪いじゃないか」

「いつもこんなふうよ」

洋子はにこりともしなかった。

「人間には相性というものがあって、そばにいるだけでもおぞましいと思う相手がいる。理性ではどうしようもないことだ。きみは朝比奈春華とは肌が合わないようだ。たった一日で相当ストレスを溜めたようだから、今後は彼女の係から外そう。山都《やまと》銀行《ぎんこう》頭取がすぐにでも検査入院したいと言っていた。またよろしく頼む。頭取はきみにいたぶられるのが楽しみでここに来るんだ。こってり嬲ってやってくれ」

社会的に地位があり、世間から一目《いちもく》おかれていても、実際はM性を持っている男も多い。そんな男たちは妻の前でも仮面を被り、秘密の場所だけで本性を現し、悦楽の時間を過ごす。

山都銀行頭取もそのひとりだった。

「院長、あの女医に惚《ほ》れたみたいね。私は厄介払いってわけ？」

洋子の口調は険《けわ》しかった。

「頭取の相手をするのが厄介払いか。君は頭取を適当に嬲って楽しませて、毎回いくらの小遣いをもらってるんだ。半端じゃあるまい。それなりに楽しいアルバイトだと言っていたじゃないか。それを断りたいのか。そして、顔を合わせるだけでストレスのつのる朝比奈春華の相手をした方がいいってわけか」

洋子はキュッと口許を結んで、反抗的な視線を向けた。

（こいつもそろそろお払い箱にした方がいいな。扱いにくくなった。あとあと困らんようにうまい方法を考えなくてはならんな……）

宇津木は洋子のいなくなった病院のすがすがしさに思いを馳せた。

「これから私の車で頭取を迎えに行ってくれ。これで三つの特別室も満室だな。そんな仏頂面で頭取に接するなよ」

宇津木は運転手に、すぐに車を用意するように電話した。

立ち上がった洋子は、わざと乱暴にドアを閉めて出ていった。

舌打ちした宇津木は、次に、知り合いの興信所所長、宮寺《みやでら》に、春華の恋人という清水の調査を依頼した。どんな医学生だったか、今、どこに勤務しているかなどは、宇津木本人が調べれば済むことだが、私生活も詳しく知りたかった。

宇津木は清水にどんな女を近づければいいのか考えはじめていた。早く春華の落胆する顔が見たい。清水は他の女と恋に落ち、いっしょになるのだ。春華が好きになった男なら、それなりの男だろう。どこかの病院の院長の娘とでもくっつけて、自分が仲人になれば、清水も娘も親も光栄に思うだろう。

春華のいる特別室に戻ると、白衣を着た奥原がベッドの傍らに立っていた。

「女医さんのオムツ姿ってのもなかなか可愛くていいもんだな。しかし、いくら可愛くても、オムツの中にはいやらしい大人のオ××コやケツの穴がかくれてるってわけだ」

まだ偽医者を続けるつもりか、いちおうそうしなければならないと思ったのか、

春華は下卑《げび》た言葉に顔を背けて唇を噛んだ。

「今朝《けさ》まで、おまえがずっとついててくれるかと思っていたのに、ひとりにして隣で休んだりするから、春華が淋しがって眠れずにいたぞ。だから、疲れていたにもかかわらず、私が深夜、抱いてやったんだ」

宇津木は春華を呼び捨てにした。

「犯《や》ったのか……」

「淋しい淋しいと言われたんでな」

「そりゃないだろ……俺は、こいつの横にいたら院長より先に犯っちまいそうだと思ったから、隣に移ったんだ。長年の友情を壊すことになったらまずいじゃないか。それを……」

宇津木が春華と一線を越えたと知り、奥原は偽医者の素振りを続けることなどどうでもよくなったように、赤裸々な言葉を出した。

「処女じゃあるまいし、私より先でもあとでもたいしたちがいはないだろう？　今日は検査のあとでおまえが可愛がってやればいい」

「いやあ！」

誰かに聞こえるようにと、春華は耳をつんざくような大声を上げた。

「おお、飯を食わないにしては元気だな。栄養剤の点滴をしないでも検査の続きができそうだ。あとでたっぷりご馳走を食わしてやるから、さっそく検査をはじめるぞ」

「あらためてオ××コの具合を調べるんだろう？」

「せめてヴァギナの検査とぐらい言ったらどうだ。なあ、春華」

宇津木はオムツを外そうとした。

「いやっ！　触らないで！　いやっ！」

春華は尻を振りたくりながら、また足で宇津木を蹴った。

「抵抗する女ってのは、どうしてこうオスをそそるんだろうな。どんなことをしても思いを遂げたくなる。ムスコがウズウズする。金を払えば自由になる女なんか、糞面白《くそ》くもない。メスの価値がない。女医さんよ、毎回、精いっぱい抵抗してくれ。あんたは男を悦ばせるにはどうしたらいいか、ちゃんと心得てる。最高だ」

奥原はニヤリとした。

抵抗しようとしまいと男たちを悦ばせるだけだと知って、春華はまた絶望した。オムツが脱がされた。

「オシッコはしてないのか。我慢して膀胱炎になったらどうするんだ」

「貸してくれ」

オムツを取った奥原は汗で湿っているオムツを裏返して観察し、匂いを嗅いだ。

「おお、マ×コの匂いが染みついてやがる」

春華は屈辱に震えた。

「まずはシャワーのようだな」

春華の両手がヘッドボードのポールから外された。

5

ふたりがかりで浴室に連れて行かれて躰を磨かれた春華は、寝室の奥の引き戸を開けて、この部屋専用の診察室に連れ込まれた。

「まずは内診台に載ってアンヨをひろげてもらおうか」

奥原の声は弾んでいた。

「いくら女医とはいえ、自分でオ××コにクスコを突っ込んで検査するのは難しいだろう？　就職してすぐに、こんな丁寧に身体検査をしてくれるところがどこにある。院長に感謝しないと罰が当たるぞ」

暴れる春華の手を奥原がひとつにして胸の上で押さえ込み、宇津木が抱え上げて内診台に載せた。

春華は脚をばたつかせた。奥原が上半身を押さえつけている間に、宇津木が一本ずつ春華の足首を足台に載せ、足首だけでなく、膝もベルトで固定した。太腿が大きなVの字にひらいたまま閉じられなくなった。

両手も内診台の頭の方に革ベルトで固定され、春華は無防備で破廉恥な格好を強いられた。乳房が波打ち、晒されている腋の下の窪《くぼ》みに汗が滲んだ。

「あらためてこうして眺めると、なかなかオケケの生え具合もいいな。薄くもなく、濃くもなく、肉饅頭はほっくらと盛り上がっていて、花びらの形はいいし、そのずっと下の尻の穴のすぼまり具合もいい」

「いやっ！　いや！」

ねっとりしたふたりの視線が張りついている股間を隠そうと、春華は膝を閉じようとした。だが、分娩台《ぶんべんだい》のように、膝も固定されているため、大きくくつろげられた太腿を合わせることはできない。

宇津木にクスコを渡された奥原が、足台の中央に置かれた椅子に座って、屈辱にひくつく秘口に、銀色の器具をゆるゆると押し込んだ。

「あう……」

あたためられないまま女壺に沈んでいく金属の冷たさに、春華は躰の芯まで凍るような気がした。シルクのような内腿も鳥肌だった。医療器具ではなく、破廉恥な道具と化したペリカンの嘴は、柔襞《やわひだ》をゆっくりと広げていった。

「ああう……」

春華の唇のあわいから、掠れた声が押し出された。

「院長、ライトをつけてくれ」

「私を助手にするとはたいしたやつだ」

宇津木は、内診台に載った患者の秘部を照らすための無影燈のスイッチを入れた。春華の股間が明々と照らし出された。治療や手術の助けとなる明かりもここでは猥褻な光にすぎなかった。

奥原はひらいた二枚のペリカンの嘴でこじあけたピンクの粘膜と、その奥の子宮頸を眺めた。ぬめ光る美しい粘膜は肉茎を握り締め、痙攣し、男を悦ばせる。このくぼみがあるというだけで、男はオス獣になり、興奮する。

「おい、異常でもあるのか。やけに熱心だな」

春華の屈辱の顔を眺めながら、宇津木が尋ねた。

「女医に万一のことがあっては大変だ。穴があくほど観察してるんだ」

「すでに立派な穴があいてるじゃないか」

卑猥な言葉を放った宇津木が交代を迫った。

「さっさと検診を終わらせよう」

場所を交代した宇津木は両手に医療用手袋をはめると、クスコの口から綿棒を入れ、子宮頸部を擦って細胞を採取した。

「検査にまわしておくが、このきれいな粘膜からするとガンの心配なんてないだろう。まあ、念には念をだ」

まともな検査をひとつだけし終えた宇津木は、クスコを取り出した。

「これから、どこがどう感じるか調べてやろう。足の先から頭のてっぺんまで、おまえの快感の壺を隈《くま》無《な》く探し出してやりたい」

左の親指を秘口に押し込んだ宇津木は、肉襞をなぞって出し入れした。親指を押し込んだのは、同時に薬指と中指で二枚の花びらを挟んで弄ぶためだ。人差し指は肉のマメをいじりまわす。

いちどきに三カ所をいたぶられた春華は、あっ、と声を上げて総身の細胞を収縮させた。だが、次に、宇津木の右手が後ろのすぼまりを外側から中心に向かって揉みしだきはじめたとき、春華は荒い息を洩らした。

「い、いや……やめて……あう……」

「ふふ、おまえはオ××コも感じるが、この処女地はもっと感じるようだな。前と後ろを同時に可愛がられると、洩らしたように濡れるはずだ。感じすぎてオマメが脈打ってくるんじゃないか、えっ？」

「くっ……んん」

右手の指がどう動いているのかわからないほど、アヌスの周辺が微妙にいたぶられていた。花びらは左の二本の指で挟まれ、肉のマメは円を描くように揉みしだかれている。女壺に入り込んでいる親指も動いている……。

「くっ……」

眉根を寄せて切なげな目をしている春華の顔は欲情をそそる。奥原は熱い鼻息を洩らしながら、絶えず変わる表情を眺めた。

小鼻がふくらみ、いつもは理知的に引き締まっている唇がゆるんで白い歯が覗く。短い声が洩れるとき、顎が突き出され、白い首が伸びる。頭の後方で拘束されている両手を引っ張ろうとするたび、晒されている青白い腋の下に陰影ができた。形よく盛り上がっている乳房も揺れた。

「んくく……」

春華は腰をくねらせていた。じっとしていることができないほど、妖しい感覚に襲われていた。満たされるというより、襲われるという表現がふさわしかった。目に見えないほど小さな虫たちが、一個一個の細胞に取りついて動きまわっているようだ。

「ヒッ！」

すぼまりに中指を押し込まれた瞬間、春華の全身が硬直した。

「指を喰いちぎりそうなほど締めつけてくれるじゃないか」

第一関節まで一気に沈めたが、強い締めつけに、それ以上押し込むことができない。だが、肉のマメを集中的にいじりまわすと、緊張していた菊口もゆるんだ。そこを逃さず、第二関節まで押し込んだ。

「くっ！」

また菊口が硬く収縮し、指を喰い締めた。宇津木は喰い締められたまま動かした。指は沈まず抜けもせず、菊口ごともっこりと山をつくったりくぼみをつくったりするだけだ。しかし、春華の総身はたちまち汗ばんできた。足台の上の足指を擦り合わせて、必死に快感と闘っている。

「硬いケツだ。それなのにずいぶんと感じるもんだな」

左手は器官に置いたまま動きを止めた宇津木は、すぼまりだけをゆっくりといたぶった。押し込んだり引き上げたりするかと思うと、じっと動きを止める。春華はその動きの止まった時間に、もっと屈辱を感じた。いじりまわされることには嫌悪感を感じるが、指を沈めたままじっとしていられると、自分の荒い呼吸だけが耳に届いた。そんなとき、ふたりの男の破廉恥な視線が全身を観察しているのが痛いほどにわかり、自分が女医でもなく女でもなく、弄ばれるための玩具でしかないのがわかった。

これまでより長く宇津木の指が止まっている。春華は腰をもじつかせながら、胸を波打たせた。余裕のあるふたりに比べ、春華の呼吸はますます荒くなった。

「いや……」

「何もしてないぞ。何もされないことがいやか。シテということか。うん？」

宇津木は女壺に挿入している指も、後ろのすぼまりに沈んでいる指も動かさなかった。ツンと立った乳首や大きく波打つ腹部を眺めながら、ひくつく膣襞や、それに合わせて締まる菊口の感触にほくそえんだ。

「いやよ……いや。見ないで」

べっとりと視線を張り付けている奥原に、春華の動揺が大きくなった。

奥原と宇津木は長くいっしょにプレイした仲だ。今は何もしないことが、もっとも春華を動揺させることだとわかっていた。宇津木の辛抱強い焦らしにつき合う奥原は、傍らで春華をじっと見下ろしていた。

「見ないで……いや……いや……」

春華の息がますます乱れ、腰のくねりも大きくなった。春華だけが動いていた。視姦《しかん》される屈辱に身悶えていた。

「シテと言ったらどうだ。イヤと言われたんじゃ、何もできないだろう？」

意地の悪い宇津木の言葉だった。

6

「いやよ……そんなに見ないで。いやっ！　動いて！　じっとしてるのはいやっ！　シテッ！」

いつまでも続きそうな屈辱の時間に耐えかねて、春華はこれまでになく破廉恥に尻を振った。

「ほう、シテか。神聖な内診台の上で診察されながら、女医であるきみがシテとはな」

鼻先で笑った宇津木は、女壺と菊壺から指を抜いた。

「昨日は尿道でイッたんだ。きょうはケツでイッってみろ」

菊皺から菊口に向かってたっぷりとクリームを塗り込んだ宇津木は、電動式の細いアナルバイブを硬い菊蕾に押し込んだ。

「くっ……」

気色悪さに春華は眉間を寄せた。だが、今までの指とちがって、クリームによって出し入れがスムーズになっているバイブは、何度も抜き差しを繰り返した。秘口付近に痺れるような快感が生まれていた。

「おお、ションベン洩らしたように濡れてきたじゃないか。そんなにケツはいいか」

「くっ……あう」

トロトロと溢れる蜜が会陰をしたたり、アヌスまで辿り着く。それはバイブといっしょに後ろのすぼまりに押し込まれて、出し入れをよりなめらかにする潤滑油になった。

肉のマメがすっかり包皮から顔を出し、花びらが興奮に咲きひらいてきた。宇津木はバイブのスイッチを入れた。

ブーンという音が響くと同時に、菊口を細かい振動でいたぶられ、春華はとてつもなく大きな快感に襲われた。

「あうっ！　ああっ！　んんんっ！　いやっ！　いやっ！」

はじめて味わう後ろのすぼまりでの快感は、ヴァギナで感じる快感より強烈だった。

大きく口をあけて顎を突き出した春華の背中は、いつしか内診台から浮き上がっていた。

「ケツでもイキそうじゃないか。おまえは肉奴隷になるしかない淫らな躰を持って生まれたのが、これでよくわかっただろう？」

後ろだけに刺激を与えられているというのに、女の器官すべてが疼いていた。肉のマメがトクトクと脈打ち、子宮の奥が痺れていた。菊口を出入りするバイブの刺激だけでもたまらないというのに、振動が加わって、狂いたいほどだ。両脚を固定されていて動けないのがもどかしかった。

「もうじきイキそうじゃないか。失神するまでイカせてやってもいいんだぞ」

「いやっ！　んんんっ！　くうっ！　ヒッ！　いやあ！」

気をやった春華が、痙攣しながら止まらないエクスタシーに悲鳴を上げた。

「いやあ！　やめてっ！　いやあ！」

「私はケツで気をやるいやらしいメス犬です。と言ってみろ。そしたらやめてやる」

　宇津木は顎を突き出して総身を震わせている春華を冷酷に見やりながら、菊口に沈めているバイブをさらに抜き差ししながら、肉のマメを左指で押さえつけた。

「んんっ！　やめてっ！」

「やめてほしけりゃ、言うことがあるだろう？」

　ガクガクと総身を痙攣させている春華は美しい顔を歪めるだけ歪め、大きく口をあけて、止まることのない絶頂の苦痛に身を浸していた。

「んんっ！　わ、私は……ヒッ！　お尻で気をやる……あうっ！　いやらしいメス犬です。もう許してっ！　んんっ！」

「そうだ、おまえは女医でメス犬だ。メス犬だってことを覚えろ。もういちど、言うんだ。私はメス犬ですとな」

　宇津木はすぼまりからバイブを抜かなかった。

「んん……私はメス犬です……ヒッ！」

「もういちどだ」

「メス犬です！」

「もういちど」

「メス犬です……くううっ！」

春華の女園は蜜か小水かわからないほど大量のぬめりに覆われていた。

宇津木が奥原に顎をしゃくった。

舌舐めずりした奥原が、春華の両手の拘束を解いた。アヌスからバイブを抜いた宇津木は、膝と足首のベルトを外した。

ぐったりしている汗まみれの春華を、奥原がベッドに抱えていき、放り投げた。

「メス犬はケツだけじゃなく、やっぱりオ××コにぶっといものが欲しいだろう？」

白衣を脱ぎ捨てた奥原は、その下に何もつけていなかった。

「白衣の下にブリーフもつけてなかったのか」

宇津木は呆れた顔をした。

奥原が春華を組み敷いて秘口を貫いた。

宇津木は寝室のソファに腰を下ろして見物にまわった。

「おお、上等のオ××コだ。ヒダヒダもねっとりして、いい具合だ。美貌の女医のオ××コが粗マンじゃ、詐欺《さぎ》みたいなもんだからな。院長も高い金で雇った以上、それだけの価値がないと泣くに泣けないだろうしな」

両手を押さえられ、女壺の奥まで奥原に突き刺されている春華は、「それだけの価値」というのが医者としての価値ではなく、女としての価値なのだとわかるだけに、いっそう暗い絶望の沼底に沈んでいった。

奥原は最初、激しい抽送をしたが、それからは肉茎を挿入したまま乳首を指でこねまわしたり、結合部の外性器をいじりまわしたりして、ネトネトと責め立てた。

内診台で責められ、何度も気をやって疲れ果てている春華は、奥原のなすがまま、人形のように揺れているしかなかった。

「院長、こいつの処女は俺にくれないか」

「今からと言うんじゃないだろうな」

「素人じゃあるまいし」

奥原は腰を動かしながら笑った。

「こいつのケツは感度がいいが、だいぶ硬い。処女をいただくには時間がかかるぞ」

「その方が楽しみがあっていい。それと、こいつの穴という穴全部に何かを突っ込んでいたぶってみたい。気が狂うほど気をやってくれそうだ」

「フェラチオさせながら、尿道とオ××コとケツをいじりまわしたら、ムスコはまちがいなく噛み切られるぞ。同時に全部の穴というのは諦めろ」

「せいぜい二カ所か三カ所か」

ふたりはおぞましい言葉を交わしながら品のない笑いを洩らした。

春華の胸にぴたりと胸をつけた奥原が、乾いた春華の唇をぐるりと舐め、吸いついた。そして、舌を入れようとした。口を閉じた春華は、残っているわずかの力で首を振り立てた。

「メス犬は男に従うのが仕事だ。素直になれないようなら、仕置きに院長が、おまえのオマメの皮を切除してしまうかもしれないぞ。脅しと思うな。ここで逆らって切除された女を見てきたからな。死にはしないが、歩くたびに剝き出しのマメが擦れて辛《つら》いぞ」

春華の総身を悪寒《おかん》が走り抜けていった。

第五章　屈辱指令

1

奥原は特別室から会社の者に仕事の指示など与えていたが、休養と人間ドックを兼ねているとはいえ、そうそう長居をすることもできず、春華に心を残しながらも、いったん宇津木医院を退院した。

そばにいられるだけでおぞましいと思っていた男だけに、春華は奥原がいなくなってホッとした。だが、それで辱めが終わるはずはなかった。

「あいつがいなくなってもの足りんかもしれんが、なに、そのぶん、私がこってり可愛がってやるから安心しろ」

春華は内診台に載せられ、脚を開いて固定されていた。

「女医のプライドはなかなか捨てきれるもんじゃないだろう？　とくにおまえは優秀だったからな。しかし、メスの性器も排泄器官も剝き出しにして、こうして四六時中いじくりまわされていると、肉の塊になっていく気がするんじゃないか？」

花びらを抓み上げると、春華の腰がヒクッと硬直した。

「お利口になれるなら、そろそろ拘束なしで過ごさせてやってもいいんだぞ。ただし、パンティの着用は許さんぞ。メス犬の性器は、いつでも風通しよくしておかないとな。どうだ、少しは従順になれそうか」

宇津木は唇を歪めながら、導尿カテーテルを聖水口に押し入れた。

「あう……」

「ふふ、おまえが尿道でイケる女とはな。おっと、ケツでもイケるんだったな」

カテーテルから流れる透明に近い小水がビーカーに溜まり、やがて膀胱が空になったとわかると、宇津木はゆっくりとカテーテルの出し入れをはじめた。

「くううう……」

ズンとした痺れが春華の腰全体を包んだ。春華は拳を握りしめて気を逸らせ、快感を断ち切ろうとした。

「力を入れるな。気をやるのが怖いか。恋人なんかいなくても、ふふ、こうしていじられさえすれば気持ちよくなって、気をやることができるのがわかっただろう？　ガキのような医者の卵より力のある男はいくらでもいるんだ。つまらん男のことなど忘れて、ここで人生の切り替えをするんだな」

宇津木医院にやってきて以来、囚《とら》われの身となり、連絡を取ることができないでいる恋人のことをふいに口にされ、春華は焦りを感じた。

「電話が……ああう……電話が掛かってきてるはずよ」

「だったらどうだと言うんだ。今のおまえは二十四時間勤務中だ。他からの電話は繋ぐわけにはいかん。受付にもそう言ってある」

白ける会話をしながらも、宇津木はカテーテルを動かす手を休めなかった。

「んんん……」

白い内腿が震えはじめた。

「この穴でイクのはいいが、あんまり頻繁にココをいじると炎症を起こすから控えめにしておかないとな」

ねっとりとした汗が春華の皮膚を覆いはじめている。もうすぐ絶頂を迎えるかと思われたとき、宇津木はカテーテルを抜いた。

今度は後ろのすぼまり、小指より細いガラス棒を突き刺した。

「くっ」

菊皺が硬くなり、菊口を狭めた。

「尿道とこっちと、どっちが感じそうだ。ケツを振るとガラスが砕けるから気をつけろよ」

そそけだった春華を観察しながら、宇津木はゆっくりとガラス棒を押し入れては、ゆるゆると引き抜いた。ガラス棒の抽送にも春華は蜜をとろとろと湧《わ》きたたせた。蜜は会陰を伝い、菊口へと流れていった。

「オシッコの出るところもウンチを捻り出すところも、おまえにとっては感じすぎる性感帯のようだな。幸せな奴だ」

「くううう……」

愛のない男に、毎日、下半身を猥褻目的だけで触れられているというのに、屈辱と薄気味悪さの一方で、これまで知らなかった快感を知ってしまったと悟った春華は、宇津木の行為から気を逸らすために、いつものように他のことを考えようとした。だが、むだだった。

「あああ……いや……やめて……しないで……くっ」

ガラス棒が沈んでいくときの、子宮から総身に広がっていく悦楽の波。肉のマメまでがトクトクと脈打ちはじめ、全身が溶けてしまいそうになり、思わず顎を突き上げて口をあけてしまう。

「ひょっとして、オ××コよりケツの方が感じるんじゃないか？」

女の微妙な反応も見逃さない宇津木は、ひくつく秘口や蜜の溢れるさま、喘ぎ声の変化から、春華の快感の大きさを推し量っていた。

「洩らしたようにジュースがしたたたってるぞ。いやとかやめてとか言わないで、気持ちいいですと素直に言ったらどうだ」

「くううっ……い、いや」

春華は胸を喘がせながら、ようやく言葉を口にした。

宇津木は乳房の中心で、乳首が葡萄《ぶどう》のようにしこり立っているのを眺め、フンと鼻先で笑った。

「いやか。いやならやめてやってもいいんだ。このぐらいの棒では細すぎてもの足りんと言いたいんだろう？」

宇津木はガラス棒を抜いた。

「奥原におまえの後ろの処女をやると言ったからには、それなりのものが咥えられるように、じっくりと広げてやらないことには、この硬いつぼみのままじゃ、裂けてザクロになってしまうからな」

「いやあ！」

ばたつかせたつもりの脚は、足台にがっしりと固定されているため、一センチたりとも動かなかった。

小気味よい快感を覚えながら、宇津木はアヌスの拡張のための、太さのちがうシリコン製の十本ばかりの棒を差し出して見せた。

「こいつが入るようになればムスコも咥えられる」

いちばん太い直径四センチのものを掌《てのひら》の中から取り出して見せると、春華は滑稽なほど怯えた目をして息を荒げた。

「こんなものより、調教ポンプの方が手っ取り早いかもしれないが」

宇津木はにやりとした。

「ゴムチューブをアヌスに突っ込んで、ポンプで空気を送り込む。すると、チューブがふくらんで、閉じたアヌスも広げられるわけだ。ジワジワと膨らんで、おまえなら気持ちよくてうっとりするはずだ。だが、この拡張棒の方がもっと気持ちがいいはずだ。出したり入れたりされた方が感じるんだろう？」

クリームを塗ったいちばん細い棒をひくつく菊蕾にねじ込まれ、春華は白い天井に向かって大きく口をあけて眉根を寄せた。

「んんっ……くっ……」

堪えようとしても、喉の奥から声が押し出された。

「力を抜いて楽しめ。今のおまえは女医ではなく、発情したメス犬でしかないんだ」

十三ミリのいちばん細い棒は、たんなる戯れに過ぎなかった。宇津木はさっさとそれを抜くと、三ミリおきに太くなっている拡張棒を次々と取り替えながら押し込んでいった。

「い、痛い！」

「息を吐けば少しはケツもゆるむ。リラックスしてないと裂けるかもしれんぞ。親切にクリームまで塗ってやってるんだ。痛いとは言わせないぞ。たった二センチちょっとぐらいで音《ね》を上げてどうする」

宇津木の肉茎は快感に疼いた。

「くううう……いや……んんん」

気色悪さと快感と、排泄したいような感覚とがごっちゃになっていた。

春華は宇津木医院に到着してまもなく、栄養剤といわれたものを強引にアヌスから注入され、破廉恥なアヌス栓を押し込まれた。指でアヌスを弄ばれたこともある。屈辱の行為が、快感に繋がるのが口惜しかった。肉のマメが無情に疼いている。

拡張棒を押し込まれたすぐは、痛みに菊口が裂けるのではないかと思うが、何度か出し入れされていると、ヴァギナのように抽送が可能になる。すぼまりがいっぱいに広げられているのがわかる。恐怖と気色悪さはぬぐい去れないが、それにも勝る妖しい感触がある。

やがて春華は、どうなってもいいという気持ちになった。総身の力を抜いて、すぼまりで感じる破廉恥な自分を肉欲の海に漂わせた。

2

春華は日に日に肉の虜《とりこ》になっていく自分が恐ろしかった。恥ずかしいことをされるたびに宇津木を憎みながらも、これまで知らなかった気の遠くなりそうな悦楽に身を浸《ひた》してしまう。

「もう逆らいません。だから、この部屋の中では両手を自由にして。お願い」

やってきた宇津木に春華は哀願した。

休む時は両手首をひとつにして革枷をはめられる。ベッドに拘束されることはなくなった。部屋を自由に動きまわることはできる。春華は特別室からの逃亡を考えていた。一刻も早く逃げ出さなければ、宇津木が毎日口にしているように、肉奴隷に成り下がってしまいそうだ。

「逆らわないということは、どんな命令も聞けるということか」

「はい……」

「信じられないな」

「信じて……」

特別室に閉じ込めて十日になるが、宇津木は春華が心をひらいていないことぐらいわかっていた。

「信じてやるには、試してみないことにはな」

心の奥を見透かすような宇津木の視線に、春華は目を伏せた。

「私の命じることを素直に聞けるようなら考えてやってもいいが、無理だろう？」

「言われたとおりにします……」

何としても宇津木の隙を狙って脱出しなければならない。春華は必死だった。

「よし、それなら、いつも私がしてやっていることを自分でしてもらおうか。おまえは医者だし、簡単なことだ」

宇津木は診察室に連れ込んだ春華に、導尿カテーテルと、ゼリー、鏡や消毒綿、溲瓶を差し出した。

「診察室のベッドで、自分でやってみろ」

「そんな……」

「できないならいい。いや、できないんじゃなく、やらないだけだな。おまえにはまだまだ自由はないんだ」

「します……自分でしますから」

春華はそう口にしただけで、屈辱に顔が火照った。患者に医療行為を施すのとちがい、宇津木は辱めるためだけに命じているのだ。

「膀胱をすっかり空にしろよ。全部自分でしろ」

春華は裸体を診察台に載せ、半身を起こして脚を広げた。それだけでも恥辱に躰が震えそうだった。

肉の饅頭を左手の人差し指と中指でくつろげ、右手に持った消毒綿で肉の溝を上から下へと数回拭いた。

宇津木が唇の端を歪めて見入っている。春華は宇津木を押し倒してすぐさま逃げ出したかった。しかし、柔道で鍛えているという宇津木の屈強さを知っている春華は、今は屈辱に耐えなければと思った。

カテーテルを袋から出して、先にゼリーを塗った。それから、その尻の方を溲瓶に入れ、再び左指で肉の饅頭を大きくくつろげた。尿道に管を入れるとき、指先が震え、唇がひらいた。

女の尿道は短いだけに、すぐに聖水が溲瓶に溜まりはじめた。

「自分でやりはじめると、やめられないんじゃないか？　尿が出てしまったら、ゆっくりとそれを出し入れしろ」

「そんな……いや」

「もう一度いやと言ったら、すべてなかったことにしよう。そいつを出し入れして気をやるのが恐いか」

卑劣な男だ。春華の立場が弱いことをいいことに、理不尽に追い詰めていく。それがわかっていても、春華は拒むことができなかった。

カテーテルの尻から聖水が出なくなったのがわかると、春華はゆっくりと管を動かした。

「く……」

「尿道に変なものを突っ込んでオナニーしたあげく、中に入り込んで取れなくなって病院に駆けつける破廉恥な女がときどきいるが、おまえも、そいつらと同類だな」

春華は唇を嚙むしかなかった。

「止めるな！　続けろ！」

春華は手首を動かし続けた。

「んん……あああ……あう」

ズクリズクリとしていた聖水口の快感が周囲に広がっていき、絶頂に近づいているのがわかると、春華は気をやった瞬間の恐怖に怯えた。

「背中を……支えて……ここが傷つくから……もうすぐ……もうすぐイキそうなの」

春華は宇津木に救いを求める目を向けながら、胸を激しく喘がせた。

「いやらしい女医だ。自分でカテーテルを突っ込んでオナニーしておきながら、気をやりそうだから背中を支えてくれだと？」

「ああう……お願い」

動きを止めれば自由はなくなり、脱出できなくなる。春華は宇津木の小馬鹿にしたような言葉の前でも、カテーテルを動かす手を止めることができなかった。

宇津木が背中に手を当てた。

「すぐイクか。うん？」

「イ、イク……んんっ！」

絶頂に押し流されて、春華は激しく痙攣した。

3

「まったく、おまえの躰はいやらしくできてるな」

痙攣が収まった春華の背中から手を離した宇津木は、惚《ほう》けた顔をしている春華を正面から覗き込んで笑った。

「もう両手を括ったりしないで……」

屈辱に耐えた春華は、気怠《けだる》さの中で、ようやく脱出の機会ができるのだと思った。夜は長い。朝までにここを抜け出すのだ。

「たったひとつの命令を聞いただけで両手が自由になると思っていたのか。まさかな」

ぼんやりしていた春華は、ハッとして宇津木を見つめた。

「次は四つん這いになって、こいつを使って自分で浣腸しろ。一回でいいように、グリセリンをたっぷりと入れてやる。カテーテルをつけてやるから、簡単だろう？」

宇津木はステンレス盆に、グリセリン溶液を入れた二百ccのガラス浣腸器を用意し、嘴の先に浣腸カテーテルをつけた。導尿カテーテルとほぼ同じ形態のゴム管だ。

「四つん這いじゃ無理だが、片手だけで躰は支えられる。ケツに管は押し込んでやる。あとは自分でピストンを押すんだな」

破廉恥極まりない命令に、春華は呆然とした。息苦しくなるほどの屈辱と怒りが渦巻いた。

「どうした。言われたとおりにしますと言ったのは、やはり嘘か。半年でも一年でも、両手に枷をされて眠るつもりか。私はいっこうにかまわんがな」

革の手枷を手にした宇津木に、春華は躰の後ろに両手を隠した。

「言われたとおりにします……」

ここから抜け出し、自由の身になるためには、死ぬほど恥ずかしい儀式に耐えなければならない。

ほんのひとときの屈辱だと言い聞かせて耐えるしかないのだ。ここから脱出するという気持ちがなければ、宇津木の恥辱の命令に従えるわけがなかった。

「少し信じられるようになったぞ」

宇津木は子供をいたぶっているような気持ちを押し隠して言った。

「犬になれ」

春華は四つん這いになった。

宇津木は尻たぼをグイと押しひらき、羞恥にひくつく菊の花に、浣腸カテーテルを押し込んだ。

「くうっ……」

春華は惨《みじ》めだった。

すぼまりに挿入されたゴム管は、四つん這いの膝の間に置かれた太いガラス浣腸器と繋がっている。ピストンは春華の頭の方を向いていた。

「じっくり楽しみながら押せよ。そのうち、こっそりと自分でやるのが楽しみになるかもしれんな。はじめろ」

春華は右手をベッドから離し、左手で全身を支えた。それから、宇津木の猥褻な視線を浴びながら、ピストンを押しはじめた。

「んん……あう」

腸を満たしていくグリセリン溶液に喘ぎながら、春華は最後までピストンを押し切った。春華はぬるま湯だけならまだしも、グリセリンの威力で、たちまち激しい腹痛に襲われた。

自分でカテーテルをすぼまりから抜くと、トイレに駆け込もうとした。

「もう少し我慢しろ。終わったらシャワーを浴びてこい。せっかくきれいになった後ろを放っておく手はないな。あとで、さっきのものよりもう少し太い奴が咥えられるように訓練しよう。一日も早く、後ろで太い奴を咥え込んでみたいだろう？」

顎を持ち上げ、脂汗《あぶらあせ》の滲んでくる春華の顔を楽しみながら、宇津木はのらりくらりと話しかけた。

「ああう……行かせて……お願いです」

「早く後ろで太い奴を咥えたいと言ってみろ」

拒んでいる時間はない。

「早く後ろで……太いものを咥えて……」

苦痛の中で春華は屈辱に喘いだ。一気に言われたことを反芻《はんすう》することができなかった。

「咥えてみたいです……」

「続けて言ってみろ。切れ切れに言われたんじゃ、意味が通じないぞ」

宇津木は汗でぬめ光る春華の顔を小気味よく眺めながら、意地悪く言った。

「くうう……早く後ろで太いものを……咥えてみたいです」

「ふふ、おまえの望みはわかった。一日も早くそうなるように手助けしてやろう」

診察台から春華を解放した宇津木は、トイレまでついていった。

監視されて排泄を済ませた春華は、屈辱に打ちのめされて浴室に入った。

やはり宇津木の監視の下だ。

「どうせまた汗でベトベトになるんだ。さっさと出てこい。あんまり丁寧に磨かなくていいぞ」

浴室から春華を引っぱり出した宇津木は、寝室のベッドに放り投げた。

「膀胱もすっきりしたところで、今度はオナニーでもしてもらおうかな。そうだな……跪いて膝を開いてしろ。私から目を離すな」

どこまで卑劣な男だろうと、春華は宇津木の言葉に全身が震えそうになった。だが、ここまで辱めに耐えてきたものが無になっては、後悔してもしきれない。

春華は命じられるまま、跪いて肩幅ほどに膝を広げた。

「いつもどんなふうにいじりまわしてるか知らないが、まずはオ××コを左手の指で目いっぱい広げるんだ。私にメス犬の性器がよく見えるようにな」

春華は肉の饅頭を人差し指と中指で左右にくつろげた。鼻から荒い息がこぼれた。

「もっとだ。もっと毛饅頭の内側のいやらしい性器をさらけ出せ」

Ｖの字になった指が震えた。

「よし、右手で性器をいじくりまわして、イクまでやれ」

シャワーを浴びた直後だが、女の器官はパールピンクにぬめついて見えた。淫らで美しい器官を見ていると、宇津木はいたぶりつくしたいとしか思わなかった。

「花びらをさわるもよし、オマメをさわるもよし、オ××コに突っ込んで掻きまわすもよし、その姿勢で私を見ながらやるんだ。気をやるまでやめるな」

人に見られないようにこっそりとする行為を、いくら命令とはいえ、宇津木の視線にさらされながらやらなければならない。春華は恥ずかしさに気が遠くなりそうだった。

まず右の人差し指を花びらに持っていき、揉みしだいた。激しい屈辱のため、快感が湧いてこない。蜜まで乾ききったようで、春華は焦った。絶頂を極めるまで、けっして宇津木は許さないだろう。

感じる肉のマメに指を移し、丸く揉んだ。

「あう……」

自然に声が洩れた。

「オ××コにも突っ込んで出し入れしろ。根元まで突っ込んでな」

肉のマメをいじりまわすことで蜜が溢れてくると、宇津木の命令が飛んだ。

指を秘口に押し入れると、内腿がひくついた。

（今夜、逃げるの……朝までにはここを出て……そう、逃げるのよ……この恥辱の部屋から）

それだけに希望を託し、春華は指を抜き差しした。蜜にまぶされた指がふやけそうになった。

「二本ぶち込んで掻きまわせ。イクときはイクとはっきり言え」

次々と命じられる屈辱の行為に、春華は喘ぎながら従った。

宇津木が服を脱ぎはじめた。

「ああう……イ、イク……イクわ……んんっ！」

法悦に襲われて痙攣した春華は、膝から頭まで激しく揺れた。倒れそうになるのを、ようやく堪えながらエクスタシーの波に漂った。

「淫らなメス犬め！　もっと太いものを呑み込め！」

反り返った宇津木の屹立《きつりつ》が秘口を貫いた。

「くっ！　もう括らないって約束して！」

ようやく屈辱の儀式が終わったのだ。

「たった一回で信じてやるほど、私はお人好しじゃない。明日も明後日《あさって》も私に忠実なら、そのとき考えてやろう」

今夜は自由になれると信じて耐えた時間が、粉々に砕け散った。

「嘘つき……いやあ！」

春華は力いっぱい宇津木の胸を押した。

「ふふ、おまえはやっぱりこうして刃向かう方が面白い。だが、明日も私の命令に従ってもらう。自由になりたければ従うことだ」

宇津木の肉柱が、春華の内臓を突き破るような勢いで入り込んできた。

4

「さて、おまえはすでに三日間も、私の命令に素直に従っている。きょうも言うとおりにするなら、手枷は必要なしということにしてやろうじゃないか。従順になってくれたとわかれば、そんなもの、私にとっても邪魔なだけだからな」

三日の間、宇津木院長から、口に出すのもはばかれるような破廉恥な行為を次々と命じられてきた春華は、自由を得て逃亡するために、屈辱に打ち震えながら従ってきた。それも今夜が最後だと思うと、早くも外の世界に飛び立つ姿を想像した。

「今まで、いつもおまえは、私が命じたことに従うだけだった。三日の間に命じられたことでもいいし、もっと破廉恥なことがあれば、それでもいい。今夜は自主的に二時間ばかり、私を楽しませろ。できるか」

「はい……」

三日間、死ぬほど恥ずかしいことを行ってきたのだ。明日の朝までに逃げられないとしても、二、三日中には隙を狙って逃げようと決意している春華だけに、二時間の屈辱で両手の自由を得られるなら、宇津木を存分に楽しませなければと思った。

「私の前では破廉恥なことをしてきたが、他の男の前ではどうかな」

目を細めて唇を歪めた宇津木の新たな企みに、春華は息を呑んだ。

「私だけではなく、別の男にも見物してもらう。文句はないな？」

「そんな……」

「他の男にも破廉恥なことをして見せろというのが、今夜の命令のつもりだったが、やっぱり無理というわけだな」

春華は卑劣な宇津木を殺してやりたいような激しい憎しみに襲われた。

「自分で破廉恥なことをするのを見せるより、私とやっているところを見られた方がいいのなら、それでもいいんだぞ。たまには人に見られながらするのも刺激的で燃えるからな。どっちがいいんだ。どっちもいやとは言わせないぞ」

どちらもいやだという言葉が、春華の喉元《のどもと》まで出かかっていた。しかし、特別室とは名ばかりの、この独房のような部屋でどれほど破廉恥なことが行われているかを世間に知らせ、医師としての宇津木を抹殺したい。それは、ここを出てからしかできないことだ。出られないのなら、これ以上、宇津木の命令に従って屈辱の姿を晒すより、舌でも噛んで死んだ方がましだ。だが、ここで春華がどんな死に方をしようと、宇津木は医師として、巧みにその死の真相を隠してしまうだろう。

（無駄死になんて……そんな口惜しいこと……）

死ぬのは簡単でも、最愛の恋人が死の原因を知らないまま生きていくのは無念だ。

「三日間、私がどんなに恥ずかしいことをしてきたか……おわかりのはずなのに……でも、まだ足りないとおっしゃるなら……私、どんなことでも……」

「どんなことでもするというのか」

「はい……でも、軽蔑しないで……私をもっと信頼して……私はここで院長に気に入られる女医としてお役に立ちたいんです……患者さんの診察だけでなく、役に立つことなら……どんなことでも」

「どんなことでもというと？」

「ですから……」

「具体的に言ってもらいたい」

「患者さんの相手でも……」

心にもない言葉を出したとき、春華の唇が震えた。

「ここでの出世のためというか、患者を悦ばせるために、セックスでもすると言うのか」

「もちろん……何でも」

ここから逃げるためには、宇津木が気に入るような言葉を並べなければならない。春華はもう少しの辛抱だと自分に言い聞かせた。

「たいした女だ。ひょっとして、医者の卵という恋人も捨てるのか」

「はい……」

「もっと金持ちがいいだろうな」

「ええ……」

これ以上質問しないでと、春華は叫びたかった。自由を得て逃亡するための偽りの言葉とはいえ、その嘘さえ、愛する者に対する裏切りのようで辛かった。

「それほどまでに言うなら、そのうち、裕福な男を紹介してやってもいいが、金だけというより、少しは実《じつ》のある男の方がいいぞ」

今度は、まるで諭《さと》すような言い方をした宇津木に、春華の苛立ちはつのった。

「よし、ともかく、おまえが私の望む女になってきたのはわかった。貧乏医者より、親子代代続いている、でかい病院経営者の跡取り息子の方がいいに決まっているからな。実があっても、金がなくては人生面白くないんだ。血統のいい男を見つけるのが利口というものだ」

金だけというより実のある男の方がいいなどと言ったばかりだというのに、その舌の根も乾かないうちに、宇津木は反対のことを言ってせせら笑った。

「風呂のあとは、このコスチュームを着てもらおうか。私からのプレゼントだ」

箱を開けると、黒いレザーのトップレスブラと、翳りを隠す、ほんのお印《しるし》程度の三角形のついた、紐のようなレザーのTバックだった。ブラジャーをつけても乳暈や乳首は丸見えになり、Tバックを穿いても、細い革紐は双臀の谷間に喰い込み、ほとんど腰を隠す役には立たないだろう。

「あまりに素晴らしすぎて声も出ないか。いやらしいおまえにピッタリのコスチュームだろう？　今夜はこれをつけて、客と私をいつも以上に興奮させてもらうぞ。Tバックはわざわざ脱がなくても脇から指を突っ込めば、すぐにオ××コに触ることができる。脱ぐのは最後の最後だ。それまで、脇から指やオモチャを入れて私たちを楽しませろ。大金をはたいて素人女の派手なオナニーを見たいという御仁がおってな。ある企業の会長だ。失礼がないように、ちゃんと小遣いの礼も言えよ。五十万や百万ぐらいは包んでくれるはずだ。たった一、二時間でだ」

　宇津木は客がやって来てからのことを、こと細かく命じた。

「おまえは物覚えがいい。私が言ったことは全部脳味噌に詰め込んだはずだ。これからうまく楽しませてくれたら、明日というわけにはいかないが、一週間ほどしたら自由に外にも出してやる。休暇だ。ひとりで行きたいところに行くがいい」

　外出を許してくれることになるなど思ってもいなかっただけに、春華は耳を疑った。

「私ひとりで……お買い物にも……行っていいんですか？」

　恋人のところとは言わず、春華は宇津木を窺った。

「休暇と言ったはずだ。どこに行こうと勝手だ。おまえの従順な態度を見極めたら、あとはいつでも自由だ。この部屋だけに、いつまでも閉じ込めておくことなどできるはずがないだろう？　常識で考えてみろ」

　宇津木の企みにも気づかず、春華は耐えてきた甲斐《かい》があったと思った。あと一、二時間言われたとおりにすれば、逃げ出すまでもなく、宇津木が解放してくれるのだ。堂々と玄関から出ていけるのだ。そうなれば、二度とここに戻ってくるつもりはない。宇津木が想像している以上に自分を信じていると思い込んだ春華は、絶望の中で初めて光明を見いだしたような気がした。

5

風呂に入った春華は、与えられた黒いレザーのコスチュームをつけて、寝室のベッドに追いやられた。

ほどほどの濃さの翳りだけに、Ｔバックの小さな三角形の部分だけでは恥毛を隠しおおせない。そんなものをつけるより、つけない方がましだった。

「お願い……これは許して」

春華は脇からはみ出したものを三角の部分に指で押し入れたが、動けばすぐに、はみ出してしまう。羞恥に総身が熱くなった。

「恥ずかしいなら毛饅頭をツルツル坊主にしてやってもいいんだぞ。しかし、オケケがはみ出したところは、いかにも卑猥でいい。客も悦んでくれるだろう」

宇津木は唇を歪め、鼻先で笑った。

春華は屈辱に泣きたいほどだった。さんざんいたぶられてきただけに、宇津木の前では何とか耐えられるとしても、初めて会う男の前では辛い。辱めを受けてきた身だが、まだプライドは残っていた。

「これだけは許して……ほかのものに替えてください」

「高価なものを用意してやったというのに、私の気持ちを無にするのか」

宇津木の冷たい視線に見つめられ、春華は次の言葉を呑み込んだ。

まもなく、ドアを叩いてやって来た恰幅《かっぷく》のいい黒瀬《くろせ》は、六十代半ばに見えた。

ふっさりとした白髪が美しく、上品な感じさえする。野卑な宇津木と同類と思えない。

「ほう、女医というだけあって、いかにも頭脳明晰という感じだ。そのうえ、美形で言うことなしだ。こんなに素晴らしい女が破廉恥なレザーのコスチュームで迎えてくれるとは感激だ。それに、これから面白いものを見せてくれるというじゃないか。人は見かけによらぬものとは言うが、どんなことをしてくれるか楽しみだ」

口調も穏やかだったが、その言葉は春華を落胆させた。やはり、この男も、女を玩具とし か思っていないような男のひとりなのだ。

春華が黙っていると、黒瀬といっしょにソファに座った宇津木が、顎をしゃくった。春華はこれからしなければならないことを思い出した。

「私はひとりで恥ずかしいことをして濡れる女です……私のオナニーを……高額なお金を払ってまで見たいとおっしゃっていただき、ありがとうございます」

ベッドの上の春華は、宇津木に教えられたように黒瀬に向かって礼を言った。心にもないことを、あたかも自分の気持ちのように言わなければならないことが情けなかった。

「高額と言われてしまうと、用意してきたものが不安になってきた。もっと上積みしないと恥をかくかな」

懐《ふところ》に手をやった黒瀬が、宇津木を見て笑った。

大小のクッション、ピロケースなどの置かれた豪華なベッドの傍らのサイドテーブルには、寝室の雰囲気とは異質な冷たい光彩を放つ銀色のステンレス盆が置かれ、医療器具やバイブなどが並んでいる。

春華は屈辱を堪えながら、ステンレス盆をベッドのピロケースの横に移した。中には、見るだけでおぞましい大人の玩具や、医療器具が並んでいる。

宇津木医院に来るまでは、バイブさえ見たことがなかった春華だが、アブノーマルな性を享楽するための小道具を、短い間に知ってしまった。宇津木は淫猥な性の道具を使うだけでは飽きたらず、神聖な医療器具まで女を嬲る道具として使っている。宇津木の手にかかれば、どんなものでも猥褻な性具へと変貌した。

春華はまず黒いバイブを取った。直径四センチ、長さ十四、五センチばかりで、特別大きくはない。

春華は濡れたような唇の前にバイブを持ってくると、亀頭部分を舌先でチロッと舐め上げた。それから、故意に猥褻な舌の動きで側面を舐めまわしてパックリと咥え、深々と沈めていった。

肉茎へのフェラチオと同じように、春華は手にしたバイブを男のものに対するとき以上に、熱心に舌と唇で愛撫した。そうしながら、ときおり黒瀬に向かって妖しい視線を向けた。

それから、バイブのスイッチを入れて、ブーンと低い唸りを発する黒い人工の肉棒を、レザーのトップレスブラから剝き出しになっている乳首に当てた。

「あはっ……」

振動によって、感じやすい果実がすぐにコリコリとしこり立ち、春華は眉間に小さな皺を寄せて喘いだ。もう片方の乳首にバイブを移し、胸を突き出して切ない声を出したとき、黒瀬の横にいる宇津木が目を細め、唇をゆるめた。

(屈辱から逃れるためなら、精いっぱい破廉恥なことをするわ。もう少しで……ここは、お別れだもの……もうじき自由になれるんだもの)

今夜限りと希望を持って、宇津木と黒瀬の前で、自分ではない淫らなメスになって破廉恥な行為を続けなければと、春華は自分に言い聞かせた。

「ああっ、いい……」

春華はぬらりとした舌で唇を舐めながら、バイブをゆっくりと下腹部へと移していき、お印ていどしかないTバックの三角形のレザーの上に当てた。そして、宇津木に言われたように、より破廉恥な景色を見せるために、それを脱がず、脇の方からバイブを押し入れ、肉の饅頭のあわいに滑らせた。

バイブの振動は、卵形のローターの振動より弱い。それに、ふたりの男の目の前で無理に恥ずかしいことをさせられているのだと思うと、焦るばかりでなかなか蜜は溢れず、秘口に男形を押し込もうとしても、なかなか沈んでいかなかった。

春華は汗ばんだ。左手をTバックの脇から入れて、花びらを大きくくつろげ、右手に持ったバイブを押し込もうとした。だが、乳首はすでにしこり立っているというのに、女壺は乾いていた。

いったんバイブを離し、最初にしたように、パックリと咥えて舐めた。亀頭部にたっぷりと唾液をつけて、ふたたび、秘口に戻し、押し込んだ。

「んんっ……」

ゆっくりと肉ヒダを押し広げながら、ようやくバイブが沈みはじめた。自然に唇がひらき、切ない表情になった。女壺の底まで沈め、また引き上げた。ゆっくりと出し入れしていると、少しずつバイブの動きがスムーズになってきた。

（ああ、何てことをしてるの……ここに来て、私は医者の仕事は何ひとつ与えられないで嬲られ続け、今は院長と知らない男の前で、こんな淫らなことをしてるなんて……）

そこまで来ている自由のために精いっぱい淫らな女を演じようと決意していたものの、ふいに虚《むな》しさや屈辱に打ちのめされそうになった。

バイブを動かす手が止まった。それでも、スイッチの入ったままのバイブは振動音をたて続け、女壺の中でグネグネと動き続けた。徐々に総身が火照り、快感が広がってきた。

「あぁう……んん」

快感とも苦悩ともつかない声が押し出された。

6

「なかなかいい顔だ。優秀な女医が自分で小道具を使ってやるというのもいいが、そのそそる顔を見せられたら、見物しているだけというのが惜しくなった。金は予定の倍出そう。かまわないな？」

黒瀬は春華にではなく、宇津木に尋ねた。

「会長に気に入っていただけたのなら何より。括りつけますか？」

ふたりの会話に、春華は愕然とした。すでに宇津木と奥原に力ずくで抱かれている。それだけでも春華にとっては拭《ぬぐ》いきれない汚点だというのに、いくら自由になるためとはいえ、今度は黒瀬にまで犯されるのかと思うと、全身が凍り、今度はその氷の塊が一気に吹き飛んでしまうような衝撃に襲われた。

「いやっ！」

春華は喘ぎながらあとじさった。

「存分にオナニーを見てくれと言ったが、男に可愛がられるのはいやか。オナニー専門じゃあるまい？」

黒瀬が落ち着いた口調で尋ねた。

「いつも洩らしたように濡れる女ですよ。きょうはまだ始まったばかりで乗っていないようですが、なあに、じきにぐっしょりなってきます」

宇津木が嘲笑った。

「それを聞いて安心した。こんなにいい女が、オナニーだけで満足するようじゃ、世の中の男が不甲斐ないといわれているようで情けないからな」

「来ないで！」

ソファから立ち上がって近づこうとした黒瀬に、春華は強張った顔を向けて叫んだ。

「甘い声を出して来てと言われるのも嬉しいが、そうやってきっぱりと拒絶されると、野性の血が騒ぐ。どちらによりそそられるかというと、私の場合、後者だ。拒絶したあと、最後は服従する女がいい。それも、誰でもいいというわけじゃない。きみのような凛《りん》とした利口な女でないと面白くない」

「いやっ！」

「さて、どうしますか、会長」

春華の動揺を楽しんでいるような宇津木が、黒瀬に笑みを向けた。

「真っ赤なロープで縄化粧すると似合いそうだが、それはこの次の楽しみにとっておいて、双手《もろて》開脚縛りといくか。声が嗄《か》れるほどよがらせてみたい。コスチュームはこのままでいい。脚を思い切りひらけば、いやらしいオケケが、もっと横からはみ出してきそうだからな」

「いやあ！」

春華の叫びが合図というように、ふたりの男が素早い行動に移った。

宇津木が赤いロープを黒瀬に放って春華を押さえつけると、黒瀬は暴れる春華をものともせず、右手首と右足首をひとつにして括った。もう一本のロープで左手首と左足首をひとつにして括ると、ベッドの四隅にあるポールの、足元の二本に、思い切り太腿をひらかせた格好で括りつけた。

「い、いやあ！」

手足の自由をなくした春華は、尻を振りたくって暴れた。

「腰の振り方も大胆でいい。どれ、やわらかそうな肌にさわらせてもらうか」

汗を噴きこぼしている屈辱の春華を見下ろした黒瀬は、顎を持ち上げ、荒々しい息をこぼしている顔を眺めて唇をゆるめた。

「いい顔だ。男といるときは、怯えて見せたり、拗《す》ねてみせたり、甘えて見せたり、いろんな顔をしてみせるがいい。優秀な女医であろうと実業家であろうと、私にとっては女は可愛いペットにすぎない。犬や猫も飼っているが、女を可愛がっているときの方が数倍楽しい」

片手で顎を持ち上げたまま、黒瀬のもう一方の手は、黒いレザーのトップレスブラで強調されている乳首を抓み上げた。

「あう！」

「ふふ、手足が使えないと、全身が敏感になってたまらんだろう」

黒瀬の言うように、屈辱の姿を恥じる気持ちとは別に、鋭い快感が一瞬の間に手脚の先まで駆け抜けていき、頭髪の生え際まで疼いた。

「そそる顔だ」

「いや……」

くっつきそうなほど近くから見つめられていることが耐え難く、春華は顔を背けた。その顔を、黒瀬が強引に元に戻した。乳首をいじりまわす手は動き続けている。

「んん……あう」

「ココをいじられているだけで、アソコがべっとり濡れてきてるんだろう？」

「豪華なコスチュームも、オツユでベトベトになって、一度で使いものにならなくなるかもしれんな」

黒瀬の背後に立った宇津木が鼻で笑った。

「あうっ」

乳首を抓んで引っ張られた春華は、反射的に胸を突き出した。

揉んだり押さえたり、引っ張ったり、黒瀬は一粒の小さな果実だけに、あらゆる刺激を加えて責めたてた。春華の全身はザワザワと粟立った。気をやる寸前のときが続いているようなもどかしさだ。秘口や女壺もムズムズとしている。

喉を鳴らし、湿った息を噴きこぼす春華が、黒瀬の掌に載った顎を動かそうとしても、すぐに元にねじ向けられ、無遠慮な視線に捉えられてしまう。

「どれだけ濡れたか調べてみるか」

乳首をいじりまわしていた手が下りていき、Ｔバックの太腿の脇から入り込んだ指は、柔肉を割って花びらや肉のマメのあたりを露骨に動きまわった。

春華は腰をくねらせた。

「洩らしたように濡れてるな。ヌルヌルだ」

指を出した黒瀬は、ねっとりとした蜜にまぶされた指を突き出すと、春華の口に押し込んだ。

「くっ……」

春華は思わず首を振った。だが、黒瀬の指は押し込まれたままだった。

「どうだ、うまいか。いくらでもオツユが出てきそうだな」

ふたたび脇から指を押し込んだ黒瀬は、蜜壺に中指と人差し指を押し込んでじっくりと掻きまわし、出し入れをはじめた。

「熱いな。指がふやけそうだ。締まりもいいし、上等のオ××コのようだ。さっきはバイブをココに入れようとしたんだろうが、それより細い私の指の方が、おまえを気持ちよくさせることができるはずだ。うんといい声を上げてもらおうか」

自信たっぷりの黒瀬は、女壺の中をゆっくりと嬲った。

「院長、せっかくのTバックだが、ハサミを入れていいか」

「ご自由に」

ハサミを渡された黒瀬は、春華の顎を支えていた手をようやく離し、左右の腰紐《こしひも》の部分を切り離してTバックを剝ぎ取った。それから、肉の饅頭を大きくくつろげた。

春華は割りひらかれている脚を閉じようと、虚しくもがいた。

「オ××コばかりいじくっていても面白くないな。ペットには尻尾があった方がいい」

ステンレス盆から、何段ものくびれのついたアヌス用のバイブを取り上げた黒瀬は、春華の唇のあわいに強引に押し込んだ。

「このまま押し込むのは酷だからな。クリームの代わりに唾液をたっぷりとつけるんだ」

イヤイヤをする春華におかまいなく、黒瀬はバイブを数秒口中に留《とど》め、唾液で光るそれを、ひくつく菊口に押し込んだ。

「くううっ」

「こいつはケツの感度がいいんです。尿道でも気をやるし、なかなかのスキモノで」

「それは何よりだ」

くびれのついた細いバイブを十センチ近くも押し込んだ黒瀬は、指を女壺に入れていたぶりはじめた。

屈辱のあまり、春華の躰が震えた。

第六章　姦計《かんけい》

I

清水国弘《くにひろ》は、毎日、春華のことばかり考えていた。春華と同期で医学を学び、いっしょに卒業し、末は結婚まで約束しているというのに、宇津木医院に移った春華から、一度も電話がない。仕事場が変わって、慣れるまで大変なのだろうと、最初、清水は自分から連絡するのは遠慮していた。

宇津木医院といえば、豪華さを誇る個人病院としては有名で、政治家たちが問題を起こし、都合が悪くなれば逃げ込む病院のひとつとしても知られていた。

看護婦たちには、宇津木医院に就職すれば、将来の豊かな生活を保証してくれる伴侶を見つけることができる、もっとも近道な職場と言われていた。宇津木医院に勤めている医者の妻となるだけでなく、検査入院などする政財界の大物や、その子息との結婚も考えられる。なかには、大物の愛人となって退職する看護婦もいると噂されていた。

春華から宇津木医院への転職を悩んでいると相談を受けたとき、清水はできるなら、そんなところには行くなと言いたかった。春華の愛を信じているものの、個人病院の院長になることなど夢のまた夢でしかない自分を考えたとき、ひょっとして春華が裕福な男に目移りするのではないかと不安を抱いた。

それでも、就職したくても就職できない者が大勢いる憧れの病院に、院長自らが来てくれと言うのなら、体験を積むためにも行ってみるべきではないかと勧めたのだ。

春華と最後に会ったとき、病院に着いたらすぐに連絡すると言われた。すぐという意味が、病院の建物に着いたらという意味ではないのはわかっている。その日のうちにという意味だ。しかし、その日が過ぎ、午前二時ごろまで待ったが、ついに連絡がなかった。

初日はゴタゴタしているのだろうと諦めた。だが、翌日も連絡がなかった。おかしいと思った。二日目の夜に携帯に電話してみた。電源が切られているようで、我慢するしかなかった。

だが、ついに五日目、連日、携帯にも通じないのが不安で、病院に電話した。

『申し訳ありませんが、朝比奈先生は特別講習の最中で、特別室にお入りになっていますので、しばらく外部からの連絡をお繋ぎするわけに参りませんので、ご了承下さい。ご伝言はお伝えいたします。どのようなメッセージをお預かりすればよろしいでしょうか』

電話を取った受付の女の口調は丁寧だったが、春華との間に厚い壁が立ちはだかっているのを知らされた。

「たいした用ではありません……またおかけします。いつになれば話せますか」

『はっきりとはわかりませんので、朝比奈先生の講習が終わり次第、そちらに連絡されるようにお伝えしておきましょうか』

打ちのめされた気がした。

外部との連絡も取れないような、二十四時間態勢の講習とはどういうものか。清水には豪華な病院の内部で行われていることなど、想像することもできなかった。

普通のサラリーマンの親を持つ清水は、親と同じ専門をさっさと選んでしまった同期生たちとちがい、まだ専門も決めていなかった。外科、内科、皮膚科、泌尿器科、産婦人科、心療内科……決断できないのは、どれもやりがいがある仕事と思うからだ。最終的には複数を選択したいと思っていた。大学病院に残っている清水の収入は微々たるものだ。当直をしたり、個人病院のアルバイトをしたりして、勉強がてら、生活費の足しにしていた。

「今晩、飯でも食おう。かまわないだろう？」

診察の合間に、清水はアルバイト先の内科医院で、野々宮《ののみや》院長に声をかけられた。五十代半ば、小柄だが、スタミナのある医者だ。

「お忙しいんじゃ……」

「忙しくても、毎日、三度の飯ぐらい食ってるぞ」

野々宮が笑った。

「次の患者、超音波で胆石《たんせき》を調べておいてくれ。小さい石があったが、薬が効くらしくて、消えてきてるんだ。カルテが見当たらないらしい。すぐに見つかると思うが、新しく作ってもらった。頼むぞ」

野々宮は、急ぎの電話があると、診察室を離れた。

カルテには河井《かわい》実香《みか》、二十四歳と書かれている。こんな若い女に胆石ができるのかと驚いた。

「お願いします」

入ってきた女の美貌に、不覚にも清水は、患者というより女を意識した。薄化粧だが、目鼻立ちがはっきりとしている。美しい眉。カールした長い睫毛《まつげ》。薄いピンクのルージュを塗ったふっくらした唇……。栗色がかったソフトソバージュの髪が、ふわりと肩先まで覆っている。黒いカシミアのセーターを押し上げている乳房も眩《まぶ》しい。スカートから伸びた脚はすらりとして、溜息をつきたくなるほど美しいラインをつくっていた。

「どうぞ」

いったん椅子に座らせた実香に、清水は体調を尋ねた。春華を愛しているが、それとこれとは別だ。男として、美しい女を意識せずにはいられない。落ち着けと、清水は自分に言い聞かせた。

「最近では痛みもすっかりなくなりました」

「薬、飲んでますか」

「はい」

「じゃあ、超音波で調べてみますから、そちらに横になってお腹を見せて下さいね」

何とか冷静に言ったが、女の肌を見られると思うと興奮した。いつにない昂りだ。普通、看護婦がそばについているのだが、人手不足で忙しいのか、今、診察室には清水と実香の二人だけだ。ベテラン看護婦に動揺を悟られたくない。このまま誰も来なければいいがと思った。

セーターを脱いだ女は、黒いブラジャーと黒いキャミソールをつけたまま横になった。光沢があり、刺繍《ししゅう》で縁どられたインナーは、一見して高価なものとわかる。

清水は黒い色に刺激されていた。診察を受ける患者にしては豪華すぎるインナーだ。しかも、黒。ショーツも揃いの色だろう。清水はそんなことを想像している自分に慌てた。

女はじっとしている。

「失礼しますよ」

キャミソールを胸まで捲り上げると、白いすべすべした肌が現れた。女の目が清水の動きを追っている。清水は冷静を装ってチューブからゼリーを捻り出して肌に塗り、看護婦の姿がないのを確かめて、通常は端子で広げるところを指で広げた。実香の肌に触れると動悸《どうき》がした。

端子を腹部に当ててコンピュータを覗くが、画像には胆石らしいものは映っていない。だが、見落としているのではないかと不安で、しばらく肌の上で端子を動かしては止め、画像を眺めた。

「消えているようですね……」

異常は発見できなかった。

「はい、よろしいですよ」

ティッシュでゼリーを拭いてやった。

「すまん。どうだ？」

ちょうどそのとき、野々宮がやって来た。

2

懐石料理を予約してあると言われ、野々宮と料亭に足を運ぶと、六畳ほどの個室だった。

清水は三人分の座布団や箸《はし》に気づいた。

「あの……ほかに誰か」

「ああ、きみも知ってる人だ」

「誰ですか？」

「誰だと思う？」

　思わせぶりな野々宮に、真っ先に清水は春華の顔を思い浮かべた。だが、春華のことなど知らない野々宮に気づき、別の顔を浮かべようとした。だが、かいもく見当がつかなかった。

「実は、河井総合病院のお嬢さんなんだ。青山《あおやま》の中堅の病院だが、聞いたことはないか」

「はい……名前だけは……」

「きょう、河井実香さんを超音波で検査しただろう？　あの人だよ」

「えっ？　どうして、余所《よそ》の病院の娘さんが先生のところに……」

　投薬で消えるほどの小さな胆石なのに、なぜ別の病院で診察を受けるのか。清水は狐《きつね》につままれたような気がした。

「うちは初めてだ。カルテが見つからないと言ったのは嘘だ。すまん。きみの腕試しだ。いや、見合いと言った方がよかったか」

「どういうことですか……」

「お嬢さんの結婚相手を探してるところらしくて、きみとも見合いがしたいということなんだ。昼の診察で第一関門を突破したらしい。あんなに若くて胆石とはおかしいと思わなかったのか。胆石というのは嘘だ。私は早々に退散する。後は若いふたりで楽しむといい」

野々宮が笑った。

春華という婚約者がすでにいる。春華以外の女との結婚など考えたこともないだけに、清水は困惑した。いかに魅力的な女でも、結婚となると別だ。

「院長、どういうことです。困ります」

「最後は本人同士の気持ちだが、もしもだ、もしも、彼女と結婚すれば、きみは将来、河井総合病院の院長だ。彼女はひとり娘なんだ」

「院長には個人的なことはお話ししていませんでしたが、僕には婚約者がいるんです。身に余る光栄ですが、このお話しはお断りするしかありません。すみません」

清水は一時も早く、この席から去らなければと焦った。できるなら、実香がやって来る前がいい。座布団から下り、深々と頭を下げた。

「婚約者のことはわかってる」

野々宮は冷静だ。清水の方が、帰ってきた言葉に驚いた。

「この話は、私が提案したんじゃない。別のところから頼まれたんだ。きみには同期の優秀な女医の恋人がいるらしいが、その彼女、あの有名な宇津木医院に転院してから、すぐに心変わりしたそうじゃないか。あんな贅沢な病院に勤めると、価値観が変わってしまうのかもしれない。金に目が眩《くら》んだと言っちゃ、彼女を愛したきみは腹を立てるかもしれないが、そんなところじゃないのか」

清水は喉を鳴らした。まさかという思いしかなかった。

「彼女に限って……なにかのまちがいです。結婚を約束しています。宇津木医院に移ってから、特別講習とやらを受けているようで、連絡はできませんが、短期間に心変わりするはずがありません。ですから、このお話のことは、どうかお許し下さい」

清水はまた頭を下げた。

「困ったな……もしこのお見合いが受け入れられないようなら、ぜひ見てもらいたいものがあるのでそれを見てから考え直してほしいと、これをお膳立てした人から頼まれているんだ。実は、この料亭もその人が予約してくれたものなんだ。まだ名前は言えないが、私は河井実香さんは人柄もいいと思っている。医者の娘だという偉ぶったところもない。今の時代にしては珍しいほどしとやかな人だ。お茶やお花もやっているし、着物を着ることが多いらしい」

清水は野々宮の言葉はほとんど聞いていなかった。春華に会いたかった。会いさえすれば、今の苛立ちや不安は、たちまち消えるはずだ。

野々宮は仲居を呼び、用意してあるものを頼むと、手短に言った。

「では、こちらへどうぞ。準備しますので」

仲居が清水を誘った。

「お嬢さんが来るまでもう少し時間がある。行って来たまえ」

「どこにですか……？」

「別の部屋に、きみに見せたいものが用意してあるらしいな」

立場上、勝手に帰るわけにもいかず、清水はやむなく仲居の後に従った。

そこには、料亭のしっとりした和風の部屋には場違いのテレビが置かれていた。

「このビデオを見ていただきたいそうです。たいして長くはないそうですが、二十分ほどしたら、またお迎えに参ります。お茶だけ、差し上げておきます」

ビデオテープを置いた仲居が出ていった。

清水はやむなくデッキにテープを押し込み、リモコンのスイッチを入れた。

画面に広がった春華の姿に、清水は息を呑んだ。

『私はここで院長に気に入られる女医としてお役に立ちたいんです……患者さんの診察だけでなく、役に立つことなら、どんなことでも』

『どんなことでもというと？　具体的に言ってもらいたい』

『患者さんの相手でも』

『ここでの出世のためというか、患者を悦ばせるために、セックスでもすると言うのか』

『もちろん、何でも』

『たいした女だ。ひょっとして、医者の卵という恋人も捨てるのか』

『はい』

『もっと金持ちがいいだろうな』

『ええ』

『それほどまでに言うなら、そのうち、裕福な男を紹介してやってもいいが、金だけというより、少しは実のある男の方がいいぞ』

清水は耳を疑った。巻き戻して、もう一度聞いた。確かにそこに映っているのは春華で、喋っているのも春華だ。相手の顔はわからないが、会話からして宇津木医院の院長のようだ。

画像はそれから、言葉以上に強烈なものを映し出した。目を覆いたくなった。

清水の前では見せたこともない黒いレザーのトップレスブラと、紐のようなTバックを春華がつけている。

『私はひとりで恥ずかしいことをして濡れる女です。私のオナニーを、高額なお金を払ってまで見たいとおっしゃっていただき、ありがとうございます』

そう言った春華が、ステンレス盆を引き寄せた。医療器具と猥褻な玩具が入っている。春華はまず黒いバイブを取って、その亀頭を舐めまわした。清水の前ではけっして見せたことがない猥褻な口許だ。

やがて、バイブのスイッチを入れた春華が、それを乳房に当てて遊んだ後、下腹部へと移っていき、Tバックの脇から秘口に押し入れて喘いだ。

春華は誰かに見られているのを承知で、その誰かに見せるために、自分で猥褻な道具を使っているのだ。

そこでビデオが終わった。

春華は淫らな行為を、故意に他人に見せているのだ。清水はパニックに陥った。

(嘘だ！　嘘だ！)

大声で叫びたかった。頭を掻きむしった。

(なぜだ！　なぜだ、春華っ！)

疑問から怒りへと変わるのに時間はかからなかった。

最初、電話がないのは多忙なためだと思った。次に、受付の女の言葉を信じて、特別講習とやらを受けている最中で、電話にさえ出られないのだと思った。しかし、こうしてビデオを見てみると、電話に出られないのではなく、電話する気がないのだとしか思えない。受付の女に、清水の電話を繋がないように頼んでいるのではないかという気もした。

立派な医者になるのだと言っていた春華。生涯、自分たちの病院など持てないかもしれないが、どこに勤めても、人の役に立つ医者であり続けたいと言っていた春華。すべては偽りの言葉でしかなかったのかと口惜しかった。

豪華な病院と、金持ちの患者を前にして、ほんの短期間で春華は変わってしまった。まだ信じられない。転院の相談を受けたとき、裕福な男に目移りしてしまったらどうしようと、不安を感じたことを思い出した。だが、それが現実になるとは思わなかった。

ビデオの中の春華は、恋人を捨てると言った。そして、金のありそうな男に、金目当てのオナニーまで見せていた。春華を信じていた日々が腹立たしかった。そして、男泣きしたいほど哀しかった。

「入ってもよろしいですか」

廊下で仲居の声がした。

「待ってくれ……」

清水は無様《ぶざま》な顔をしているかもしれない自分を見られたくなかった。

「もうすぐ河井様がお見えになるそうです」

襖《ふすま》を開けずに仲居が伝えた。

「あと五分ほどして行くと伝えてくれ」

3

清水が冷たくなったお茶を飲んだ。

「何だったんだ」

浮かぬ顔をして戻ってきた清水に、野々宮が尋ねた。

「院長は、僕が何を見てきたかご存じないんですか……？」

「ああ、お嬢さんのいろんな写真かなとも思ったんだが、その顔じゃ、そうでもなさそうだな」

野々宮が春華の猥褻なビデオを見ていないとわかり、清水はほっとした。しかし、まだ混乱していた。

「沈んだ顔をしているきみには言い辛いが、いちおう河井のお嬢さんともつき合ってみてくれないか。今どき死語だろうが、良妻賢母になりそうなお嬢さんだぞ」

「今夜はそんな気になりません……」

「明日ならいいということか。明日も今日も同じじゃないか」

そのとき、実香がやってきた。

「昼間はお世話になりました……」

「いえ……どうも」

実香は着物だった。診察してから数時間経っている。野々宮医院を出て家に戻り、着物に着替えて、髪も美容院でセットしてきたのだ。アップにしている額《ひたい》が美しい。黒いインナーをつけていたのが夢かと思えるほどだ。髪形が変わった実香は、清水より年上のようにも見えた。

酒と料理が運ばれてきたが、清水の口数は少なかった。

「お邪魔虫がいるから会話が弾まないんだろう？　申し訳ないな。次の場所が用意してあるようだから、ふたりでじっくり話すといい。僕はここで失礼しよう」

「待って下さい、院長……」

「外にハイヤーが待っているそうだ」

ひとりで自棄酒《やけざけ》でも呑みたいと思っていただけに、清水はこれ以上、実香といっしょにいたくなかった。だが、料亭を出ると、強引にハイヤーに押し込まれた。

到着したのは赤坂のホテルだ。ハイヤーを待っていた男が、うやうやしくお辞儀した。

「上にお飲み物の用意などしてございます。どうぞ」

「いや、僕は」

「まだこんな時間ですよ」

　ホテルだからといっても、部屋が予約してあるとは思えない。夜景の美しいバーにでも案内されるのだろう。しかし、気が重かった。

　実香は無口だった。まるで夫に従う昔の妻のように、一歩引いていた。

「さあ、どうぞ」

　男が促し、先に立って歩き出した。

　野々宮は、この席を用意したのが誰かは、まだ言えないと言っていた。それはいったい誰なのか。清水にわかるはずもない。春華の姿の映っていたビデオのことを考えると、宇津木医院の関係者ではないかと思えた。だが、それならなぜ……。

　これ以上、清水は考えたくなかった。考えてもわかるはずがない。早く自分の部屋に戻って、しこたま呑んで眠りたいだけだ。

　男は上階にある客室を開けた。

「ここは……」

「スイートルームでございますが、お気に入られますかどうか。明日までごゆっくりおくつろぎ下さい。飲み物やつまみ、フルーツなどは用意されているはずですし、他のものがよろしければ、ルームサービスでご自由に注文して下さってけっこうです。代金はむろん、清水様がお支払いになる必要はございません。では、これをどうぞ。私は失礼いたします」

ルームキーを渡され、清水は言葉をなくした。

「私といっしょに呑むのはいやですか……？」

廊下に突っ立ったままの清水に、実香が泣きそうな顔をして尋ねた。

「いや……しかし、呑むといっても……上のバーかと思っていたもんだから、ちょっと面喰らってしまったんだ。それに、僕は医者は医者でも、オヤジはサラリーマンだし、平凡な中流家庭で、スイートルームなんかには入ったことがなくて……きみのような病院の娘さんは慣れてるんだろうけど」

春華のことで頭がいっぱいだったが、実香の哀しそうな表情を見ると、すぐに帰るとは言い出せなくなった。

「ちょっと疲れてるから、あまり呑めないかもしれないけど……」

清水は部屋に入った。

広いリビングがあった。テーブルには、数種のワインや果物、美しく飾られたオードブルなどが、贅沢に並んでいた。

「食事してきたばかりで、こんなに食べられるはずがないのにな……」

清水は無理に笑った。

「何がそんなに哀しいんですか……私まで辛くなります……さっきの料亭でも、ずっと沈んでいらっしゃったわ。私のせいですか……無理に私とつき合って下さってるの？」

実香の着物から、甘やかな香りが仄かに漂った。

「私は淋しいわ……とっても淋しいの……ときどき、淋しすぎて辛くなるの。誰かに抱きしめてほしいと思うことがあるわ……私、先生に抱いてほしい……」

きょう会ったばかりだというのに、楚々《そそ》とした実香の口からそんな言葉が出るとは思えず、清水は耳を疑った。

「先生、抱いて下さい……」

着物を着ている実香ではなく、黒いインナーをつけていた昼間の実香が囁《ささや》いているような気がした。

「きょうだけでも抱いて下さい……」

実香が帯を解きはじめた。

白い帯が落ち、緑青色《ろくしょういろ》の着物も落ちると、千草色《ちぐさいろ》の長襦袢《ながじゅばん》が現れた。

実香は呆然としている清水の前に跪くと、今度は、ズボンのベルトを外そうとした。

清水には、春華のことだけでなく、実香のこともわからなくなった。さっきまでは、ひとりで酔い潰れたいと思っていたが、実香が自分を求めているのなら、春華を忘れるために、ドロドロになるほど肉欲の海に溺《おぼ》れたかった。

跪いている実香の腋の下に手を入れて立ち上がらせた清水は、乱暴に唇を合わせて舌を押し入れ、貪るように唾液を絡め取っていた。

4

自ら帯を落とし、長襦袢だけになった実香と唇を合わせて唾液を貪った清水は、寝室に行かず、近くのソファに実香を押し倒した。

楚々とした性格とは裏腹に、恥じらいながらも積極的に清水のズボンのベルトを外そうとした実香だけに、抗おうとはしなかった。

「きみとの結婚なんか考えていないんだ。それでもいいのか」

実香の目に淋しげな影がよぎった。けれど、実香は確かに頷いた。

「きみはどんな男でも自由に選べそうだ。河井総合病院のひとり娘というだけでなく、こんなに美しくて上品で……それなのに、どうして、結婚を考えていないと言った僕に抱かれるんだ」

実香は清水から視線を逸らすようにして瞼《まぶた》を閉じた。

「きみも案外、愛する男に裏切られたばかりだったりしてな……そんなとき、親に見合いを勧められ、男への当てつけに居直ってるのかもしれないな……いや、勝手な想像だ。ちがったら許してくれ。僕にとっては高嶺《たかね》の花でしかないきみと、ここにこうしていることが不自然すぎるのはわかっている。抱かれるのがいやなら、今のうちに言ってくれ。これ以上、惨めな思いはしたくないんだ」

「今さら抱きたくないと言われたら、私は女として惨めです……今夜は私を思いきり抱いて下さい……今まで、いろんな人とお見合いをさせられました。でも、気に入る人がいなくて、私の我儘で、全部お断りしてきました。でも、あなたならいいと思っているんです」

またも耳を疑うようなことを言われ、清水は目を開けた実香の心の内を探るように、じっと見つめた。

「あなたはいい人だわ。ほんの短い間だけど、どんなに正直でやさしい人かわかったの……それが辛い……自分のことのように辛いの」

今にも涙ぐみそうな実香が、清水には不思議だった。

「きょう、初めて会ったばかりじゃないか……それに、僕はきみとの結婚なんか考えていないとはっきり言ってるんだ。普通なら、それでおしまいじゃないのか……それを、それでもいいから抱いてくれと言い、そのうえ、こんな僕のために哀しんでくれようとしている。なぜだ」

「あなたがいい人だから……」

いくら話しても平行線を辿るばかりのようだ。街を歩いている二十四歳の女性とはちがう色っぽすぎる理知的な実香を、清水はグイと抱きしめた。

「あう……」

濡れた唇から、甘やかな喘ぎが洩れた。

(春華なら……これが春華なら)

自分を裏切って、金のために淫らな女に成り下がった女とわかっても、きょうまで信じて愛していた女を、幕を引くようにすぐに忘れ去ることはできなかった。

(なぜ……なぜだ春華)

「痛い！」

実香が声を上げた。

春華を思うあまり、無意識のうちに実香を強すぎる力で抱きしめていた。眉間に皺を寄せた実香を見つめ、清水は深呼吸した。

(考えてどうなる……春華に会って話す以外、納得させてくれるものは何もないんだ。いや、よけい納得できなくなるかもしれない。だが、ここでいくら考えても無駄なんだ……今は、この女を抱けばいいんだ。この女と自分のために……）

愛情はないが、男として美しい女を抱くことに不満のあるはずがない。清水は長襦袢の上から乳房を軽く揉みしだいた。だが、じっくりと時間をかけて悦ばせてやろうという気持ちの余裕はなかった。

「暗くして……」

「だめだ」

今さらと、清水は思った。

伊達締《だてじ》めを解こうとしたが、考え直して、裾を割って手を入れた。そこにこもっていた体温が、仄かな甘い香りを放ちながら、あたりに漂い出した。香《こう》や香水の匂いではなく、肌の匂いだ。春華の肌からこぼれる匂いにも上品なものを感じていたが、実香の匂いは春華とはあきらかにちがう。

清水は実香の匂いに昂った。オスを誘っているような妖しい香りだ。

「驚かないで……」

実香がおかしなことを言った。

「何のことだ」

実香は黙って首を振った。

清水は性急に実香の着物の裾を捲り上げた。

「ん……？」

あるはずの翳りが一本もないのを見て、清水は息を呑んだ。

「見ないで……」

実香は両手でそこを隠した。

腹部の手術などによって、剃毛された女や男は何人も見てきたが、病院のベッド以外で見るつるつるの下腹部は異様だった。ビキニラインを処理している女は珍しくないだろう。だが、子供のようにまったく翳りをなくしている実香に、清水は動揺した。

「自分で剃ったのか……」

実香は胸を喘がせ、荒い息を吐いた。

「いつもこうしているのか」

清水の質問に答えず、実香は下腹部を隠していた両手で、今度は顔を覆った。そのとき清水は、誰かが強引に剃毛したのではないかと思った。男の顔が浮かんだ。実香が初対面の清水を不自然なほどに求めているのは、辛い仕打ちを受けた直後で、やさしさを求めているのではないか……。

「変なことを訊《き》いて悪かった。気にするな。どうせまた生えてくるんだ」

微笑した清水は、実香の両手を退《の》け、唇を奪った。

(どんな男だ……女にこんなことをするなんて)

実香に愛想を尽かされた腹いせに、こんな仕打ちに及んだのだとしか思えない。

(いや……レイプされて……まさかな)

ひととき春華のことを忘れ、清水は実香の下腹部を剃毛した卑劣な男のことを考えた。

受け身と思っていた実香の舌が動きはじめた。春華よりはるかに巧みな舌の動きに、清水の肉茎がクイクイと反応した。

(天性のものか……？　それとも……)

清水は実香に口中をくすぐられ、唾液を奪われながら、意外ずくめの女に徐々に惹《ひ》かれていった。

「ここじゃいや……ベッドで」

顔が離れたとき、実香は小さな声で言った。

5

華麗なキングサイズのベッドだった。実香を抱きかかえて寝室に入った清水は、スイートルームの豪華さに、改めて目を見張った。

ベッドに下ろされた長襦袢の実香は、清水のベルトを外した。清水はされるままになっていた。だが、肉茎が漲っているだけに、ブリーフを脱がされるときは心が騒いだ。

「こんなになってくれて……嬉しい」

最後のものを脱がせた実香は、剛直を両手で包むと、亀頭をぬらりとした舌で舐めた。千草色の長襦袢を羽織ったままの実香が口戯《こうぎ》をはじめると、清水は雅《みやび》やかな世界に迷い込んだ気がした。

(この女は何者だ)

いっしょにいればいるほど不思議な女に思えてくる。春華のことを忘れていた。

清水は仰向けになってじっとしていた。実香は清水の脚の間に割って入り、熱心に舌を動かしながら、頭も前後に動かした。頭は単純な動きではなく、微妙に揺らいだ。実香のフェラチオはこれまで清水が味わったことのない巧みなものだった。

根元を握っている右手にも強弱がつけられている。左手は皺袋をやわやわと揉みしだきはじめた。

清水は枕に頭を載せ、歯を喰いしばりながら、実香の動きを見つめた。

(凄い女だ……こんなにうまいフェラチオは、玄人《くろうと》からも受けたことがないぞ……まして)

そこで清水は、ひととき忘れていた春華のことを思い出した。

春華の唇で最後に肉茎を愛されたのは、春華が宇津木医院に行く前の日だった。まだひと月ほどしか経っていないのに、きょう見た衝撃の映像によって、遠い日のことのようにも思えてしまう。そして、きょう会ったばかりの実香の存在感が大きくなっていく。愛情など、まだない。だが、河井総合病院のひとり娘とわかっているものの、それでも、何者かわからないような不思議な雰囲気が、清水の心を捉えていた。

金を出して風俗に来ているのではない。初めての女に何もしないまま、先に気をやるのはいやだった。清水は半身を起こして、実香を股間から引き離した。

「オクチでされるのは嫌いなの……？」

実香は哀しそうな視線を向けた。

「まさか。だけど、きみはうますぎる。これ以上されるとイク……まだ、きみに何もしていないのに、先にイケるはずがないだろう？」

実香を仰向けにした清水は、長襦袢の裾を捲り上げた。シルクのようにつるつるの脚だ。膝のあたりに口をつけ、太腿の付け根まで辿っていった。実香が腰をくねらせた。

太腿に手を当てて押し上げると、翳りのない肉の饅頭がぱっくりとひらいて、金のリングが見えた。左の花びらに刺されたピアスに、またも清水は喉を鳴らして目を見張った。

「いつから……これを」

尋ねる声が掠れた。実香はこたえなかった。

「そんなものをしている私は嫌いですか……」

「自分の意志か……それとも」

剃毛したのと同じ男が望んだのではないかと、清水は思った。

「いや……こたえなくていい……このままできるのか」

「ええ……」

何不自由ない河井総合病院の院長のひとり娘でありながら、実香には何か秘密がある。だが、清水には、それを追及してどうなるという思いがあった。清水にその気がなくても、実香は会ったばかりの清水と結婚まで考えている。清水を求めている。清水も今夜だけと思っていながら、実香を抱こうとしている。それだけでいいのだ。

美しい紅梅色《こうばいしょく》の、やや大きめの花びらを貫いているピアスに痛々しさを感じながら、清水はそこに唇をつけた。

「あう……」

色っぽすぎる喘ぎに、清水はゾクリとした。捲れ上がった千草色の長襦袢。白い肌。剃毛された肉の饅頭とピアス……。

（これは夢じゃないのか……）

清水はますます不思議な世界に迷い込んでいくような気がした。

口で秘園を愛撫していると、誘惑的なメスの匂いが濃厚になってきた。清水が知らない未知の匂いだ。春華やほかの女とはまったくちがう、花や香やくだものの匂いさえ混ざっているような、不可思議な誘惑臭だ。

清水は実香の股間に顔を埋め、鼻腔に触れる秘芯の匂いに時を忘れて女の器官を舐めまわした。

「くううっ！」

昇り詰めた実香が総身を震わせた。

清水は顔を上げた。充血した花びらが濃く色づき、肉のマメが肥え太ってサヤから顔を出している。溢れてくる蜜液を舐め取っていたはずだが、秘園全体が銀色にぬらぬらと光っていた。肺いっぱい息を吸い込みたくなるような、あの不思議な匂いが部屋中に広がっている。

実香が気をやる瞬間、その匂いは、いちだんと深い香りとなって秘芯から漂い出した。

清水は実香に唇を押し当てると、剛棒を秘口に押し込んだ。きつい入口だった。女壺は熱いマグマに満たされていた。膣壁が蠢《うごめ》いているような感触だ。

「おお……いい……凄い……」

奥まで押し込んで、じっとしているだけだというのに、剛直を百本の指でやわやわとしごきたてられているようだ。

(何という女だ……)

またも清水は実香の妖しさに仰天するしかなかった。

「乳首を嚙んで……」

実香が囁いた。

清水は長襦袢の胸元を割りひらいた。白磁のように白い肉の塊は、掌に収まりきれないほど豊かだ。診察のとき、黒いブラジャーに包まれていた乳房だ。服の上からも大きなことはわかっていたが、実際に目にすると、想像以上に豊かなふくらみだった。大きめの乳暈に載っている乳首は、肉の花びらのように色素は薄い。だが、やや大きめの果実だった。

上体を倒した清水は、果実を口に含んで吸い上げた。

「あは……」

実香は甘やかに喘いだ。だが、清水が果実を吸ったり、舌でこねまわしたりしていると、

「嚙んで……」

背中にまわした腕を強めながら催促した。

清水は軽く嚙んだ。

「もっと……もっと強く噛んで……もっと……もっと強く」

かげんして噛んでいると、実香はもっともっとと催促し続けた。清水は徐々に力を入れていった。

しかし、傷つけないかと不安になった。

「痛いっ！」

ついに実香が泣き声を上げた。

清水は慌てて顔を離した。

「悪かった……大丈夫か」

「もっと噛んで……」

「痛いと言ったじゃないか」

「虐めて……やさしく虐めてちょうだい」

潤《うる》んだ目を見ていると、脆《もろ》く壊れそうな女に見えた。清水は心も躰も実香に吸い込まれていくような気がした。

躰を起こした清水は、抽送を開始した。穿《うが》ったびに、妖しい膣襞が肉柱全体を微妙に締めつけてきた。長くは持ちそうになかった。すぐにイッてしまっては不甲斐ない気がして、清水はいったん動きを止めた。

実香はうっすら汗ばんでいる。軽くあいた唇のあわいから白い歯が覗いている。とうてい二十四歳には見えない艶《あで》やかさだ。

「長襦袢の替え、持ってきてないよな？」

汗で湿り、皺も寄っている。しかし、脱がせたいとは思わなかった。白足袋《しろたび》と長襦袢をつけていることで、実香はいっそう妖しさを増すのだ。その魅力をそのままにして、最後まで抱きたかった。こんなときに野暮《やぼ》なことを訊いたのは、行為を長引かせるために、気を逸らすためだった。

「他の色がいいですか？　赤いものなら、持ってきています……」

実香はこの部屋が予約してあることを知っていた。そのうえで、こうやって半端に剝かれて愛されることを予想していたのではないか。替えの長襦袢まで用意してきているとわかると、そうとしか思えなかった。

「この長襦袢の色は素敵だ。替えがあるならいいんだ。皺になったものを着て帰らせると可哀想だからな」

清水はこれ以上、絶頂を長引かせるのは無理だと悟った。自分の欲望のまま、まずは昇り詰めてみたい。正常位のまま、一気にラストスパートの抜き差しに入った。

「あうっ！　もっと！　私をもっと愛して！」

哀しいほどに訴える女の体内深く、やがて清水は熱い樹液を噴きこぼした。

6

素っ裸の実香の顔を、実業家の葉山勝治《はやまかつじ》が掌で持ち上げた。

「何とかあの若造を虜にしたようだな」

実香は視線を落とし、葉山から目を逸らした。

「おまえは十万人か百万人にひとりかもしれない人間香木《こうぼく》だからな。まず男はおまえのオ××コの匂いに惹かれ、具合のいいソコにもメロメロになるはずだ。それに」

葉山はにんまりと唇をゆるめた。

「優秀な私のメス奴隷だ。最高の女に惚れない男などいるはずがない」

「あの人はやさしい人です……どうか、これ以上、あの人を不幸にしないで」

「何が不幸だ。本来なら、あんな小僧が抱けるほど、おまえは安っぽい女じゃないんだ。医者の卵とはいえ、親は普通の勤め人。あいつはただの男だ。だが、宇津木院長から買い受けたおまえだ。院長がそうしてくれと言うのをいやと言うわけにはいかないからな。困った頼みだと思ったが、今は頼まれてよかったと思っている。あいつに抱かれるおまえをモニターで眺め、また別のおまえの魅力に気づいたからな。しかし、私をもっと愛してと言ったのは、案外、本音じゃなかったのか。あいつに惚れたか」

乳首をつねり上げた葉山に、実香は眉間に皺を寄せた。

葉山が予約したスイートルームは盗撮されていた。それは実香も承知のことだった。清水との行為はすべてビデオに収まっているのだ。葉山は盗撮された画像を、リアルタイムで隣の部屋で眺めていた。

清水を落とすこと、それが葉山に命じられた実香の仕事だった。

まだ実香が高校生だったとき、父親に連れられて宇津木医院に行ったことがあった。父親と宇津木は面識があった。父親自身が豪華な病院を見学するつもりだったのか、それとも、実香に見せるつもりだったのか、仕事抜きの訪問だった。

目を見張るほど豪華な院長室で、宇津木はセーラー服の実香にやさしげな笑みを向けた。けれど、それが悪夢のはじまりだった。

東京に出てきては宇津木は、河井総合病院を訪れ、父親の前でまともな顔をして実香を誘った。

『そのうち、ここを継ぐ優秀な医者をお嬢さんの相手に探してやらねばなりませんな。まあ、私が探すまでもなく、こんなに素晴らしいお嬢さんなら、引く手数多でしょうが』

医師会で顔が広い宇津木が娘の後ろ楯《だて》についてくれるならと、実香の父親は実香が宇津木に気に入られていることを誇りに思っていた。だが、実際は、宇津木は実香の処女を奪い、破廉恥の限りを尽くし、肉奴隷へと調教していったのだ。

宇津木は院長室で実香を見たとき、一目でM性を持った女だと見抜いた。勘は当たり、実香は最初こそ泣き叫んでいたが、そのうち、いたぶられることで熱くなり、濡れるようになった。

大学も卒業した実香と宇津木が赤坂でフランス料理を味わっているとき、実業家であり、上客でもある葉山が、たまたまその店にやってきた。そして、実香に一目惚《ひとめぼ》れしてしまった。一目惚れとはいえ、恋心とは少しちがう。サディスティックな男が、マゾの匂いのする女を嗅ぎ当て、プレイしたいと思ったのだ。

葉山には渡せないという宇津木に、ますます実香への執着を深め、温泉つきの熱海の別荘と交換したいと申し出た。そして、やっとのことで望みの女を手に入れた。

別荘など安いものだと思えるほど、実香は魅力的な女だった。最初、ほかの女にはない実香の妖しい体臭に驚いた。

『たまには私に貸してもらうぞ。何しろ、実香のアソコは独特の匂いがするからな。気をやればやるほど強く香る。こんな女、この世に数えるほどしかいないはずだ。人間香木が、あんな別荘ひとつで手に入るとは思っていないだろうな？　うちの上客だから、特別だ。他の男なら譲らなかった』

宇津木が「人間香木」と言ったように、実香は値のつけようがないほど高価な女だというのはわかった。

今では、葉山が実香の主《あるじ》だが、そのまた上の主が宇津木のようなものだ。実香が心身ともに別の男に支配されているもうひとつの世界を、父親は知るはずもなかった。

「おまえを鞭で打ちのめして可愛がってやりたいところだが、あの男と寝てもらうからには、しばらく鞭の痕はまずい。おまえも残念だろう？　あんなノーマルな男に抱かれても、おまえは本当の悦びを感じることはできないはずだ。あんな男と結婚したら、毎日ベッドの上で退屈だろうな。だが」

細くなった葉山の目が、実香を射るように見つめた。

「その退屈な男と結婚してもらおうか。おまえも、あいつに、あなたとなら結婚してもいいと言ったんだからな」

「それは……そう言えと言われて……」

実香はほっそりした白い喉を鳴らした。

「夫はあいつでも、主人は私だ。そのくらいわかるな？　あいつは将来、おまえの父親を継いで院長になる。そして、私は院長夫人をこっそりと抱く。それも面白いと思ってな」

実香は首を振り立てた。

「そんなこと……できません……私は誰とも結婚なんか……」

「しないで済むと思うのか。おまえは河井総合病院のひとり娘だ。そろそろ父親がせっつくようになる。おまえとあいつの仲人は、むろん、宇津木院長だ。このことは宇津木院長にも話してある。院長も、面白い話だと言ってくれた」

「いや。いや。いや……」

実香は何度も首を振り立てた。

「おまえには、いやと言うことはできないんだ。おまえは私の人形だ。私の言葉に従うしかないんだ。私や宇津木院長に、これからも可愛がってもらいたいならな」

目を潤ませている女に憐憫《れんびん》など見せず、葉山はひっくり返した実香の尻を激しく打ち叩いた。

「ヒッ！　あうっ！」

「いい音だ、ケツは言われたように空っぽにしてきたか」

「ああう……はい」

「上品な顔をしたおまえが、私に命じられるまま、自分で浣腸を済ませて、アナルを犯される準備さえして会いに来ると知ったら、あいつ、どんな顔をするだろうな。ケツのあとで、あいつが犯したオ××コもいたぶってやる」

ワセリンを掬った葉山は、菊皺から中心に向かってワセリンを伸ばしながら、後ろの器官を揉みほぐしていった。

「あはあ……」

「ココをいじられるだけで、オ××コが濡れてるな。おまえは匂いでわかる。なかなか強い匂いだ。きょうはいつもより感じているようじゃないか。あいつに抱かれたせいか」

フンと鼻で笑った葉山は、菊壺の中までワセリンを塗り込めていった。

「よし、いいぞ」

四つん這いからいちど身を起こした実香は、てらてらと光っている葉山のものを口で愛撫し、コンドームを塡《は》めた。

「ご主人様、実香の恥ずかしいお尻を存分に犯して下さい」

跪いてそう言った実香は、また犬の格好をして葉山に尻を向けた。

「メス犬め」

まだまだ元気な葉山の剛直が、菊壺にゆっくりと押し入ってきた。

「んんっ」

躰を支える実香の四肢がブルブルと震えた。

第七章　哀しい再会

1

本館とは離れて建っている特別室に入ったときから、春華は宇津木院長によって、口にできないほど破廉恥な行為を受けてきた。逃亡のきっかけを狙っていたが、ようやく堂々と正面玄関から出られる日がやってきた。

部屋を一歩出たときは、解放された喜びと、女医という誇りを踏みにじられ人間以下に扱われてきた怒りが、ない交ぜになっていた。

「ここに来る早々、一流ホテルのスイートルーム並の部屋で過ごせたなんて、本当に幸せな先生よね。たいした特別講習でもないのに、ちゃんと高給だって振り込まれるわけだし、羨《うらや》ましいわ。きれいな女医さんに対する待遇はちがうのね」

最初、宇津木といっしょに春華をいたぶっていた婦長の洋子が、本館へと向かうときに皮肉った。

「患者さんが診察を受けるときや入院中の大変さがわかったでしょう？　患者さんは恥ずか

しいからその検査はいやだなんて言えないし、そんな気持ちを思いやらないと、心を傷つけたり屈辱的な気持ちにさせてしまうわ」

洋子はもっともらしいことを言った。だが、手足枷《てあしかせ》までされて力ずくで受けた恥ずかしい行為は、ただの凌辱でしかなかった。いたぶり尽くされ、プライドを粉々にされただけだった。

「院長にご挨拶してから休暇を取っていただきますよ」

「昨夜、院長には挨拶してあります。このまま出かけます」

「まあ、どんな挨拶をしたのかしら」

洋子がまた皮肉っぽい口調で言った。

「ともかく、院長室に顔を出してからにしてもらいます。私が院長からそう言われていますから、寄ってもらわないと困ります」

院長室に寄れば、また強引に拘束され、特別室に連れ戻されるのではないか……。宇津木が一週間もの外泊を許すと言ったときは意外な気がしたが、ぬか喜びに終わるのではないかと、春華は不安にとらわれた。

「急ぎの用がありますから、このまま失礼します」

一刻も早くここを出なければと、春華は焦った。

「院長室に寄らないで外に出たりしたら、あなたの精神状態がおかしいってことで、他のスタッフや警備員を動員して、ここの敷地から出る前に拘束するわよ。誰だって、新任のあなたより院長や私の言葉を信じるでしょうからね。試してみる？　十秒じゃ無理でも、二十秒もあれば警備員が飛んでくるわ」

洋子の言葉は、たんなる脅しとは思えなかった。まんいち神経を病んだことにされてしまえば、今後、密室に拘束されても誰も不自然には思わないはずだ。

このまま逃げたいという誘惑はあったが春華は迷ったあげく、院長室に寄ることにした。

宇津木は、これまでのことなど何もなかったかのような、穏和な顔をしていた。この顔に騙され、信用し、ここに勤めることになったのだ。その宇津木に総身を余すところなく観察され、いじりまわされ、エクスタシーの声さえ上げてしまったことを思うと、視線を合わせることができなかった。

「やあ、体調はどうだ。休暇は、心身ともに健康な状態で過ごしてほしいからな。来週から、患者の診察も頼まないといけないし。そうだ、預かっておいたこれを返しておこう」

宇津木は抽斗《ひきだし》から春華の携帯電話を出した。

「これからうちで働いてもらう大事なスタッフだ。休暇中のホテルもきみの名前で予約しておいた。金は私が払うことになっているから、ホテル内のバーやレストランは遠慮なく使うといい」

宇津木は赤坂見附《あかさかみつけ》にある一流のホテルのパンフレットを春華に渡した。

「泊まるところは自分で探します。せっかくですが……」

すぐに恋人の清水に電話し、清水の小さなマンションを訪ねるつもりだ。ひと月以上会っていない清水に、思いきり抱いてもらいたかった。ここで受けた屈辱を少しでも癒《いや》してもらいたい。二度とここに戻るつもりはなかった。

「もう予約してあるんだ。遠慮しなくていい。そんな仲じゃないだろう？」

宇津木は温厚な紳士の顔を、好色な獣の顔に変えて笑った。

「チェックインしたあと、どうしても他に泊まりたいならそうすればいい。一週間、ホテルの部屋は確保しておいて、自由に出入りすればいいだろう？　そう悪くない部屋だ。ゆったりできると思うがな。男を連れ込むならそれもいい。好きにしたまえ。ともかく、ホテルまで運転手に送らせる」

「そんな……けっこうです」

ドアがノックされた。

入ってきたのは、腰の低い五十半ばの見知らぬ男だ。

「じゃあ大切な先生だ。頼むぞ」

「承知しました。運転手の佐久間《さくま》と申します」

父親ほどの歳に見える。

「もう五年以上、私の運転を頼んでる。安全運転で快適だ。じゃあ、楽しい休暇を過ごしてきたまえ。帰ってきたらうんと頑張ってもらうぞ」

「ただの休暇なのに、東京のホテルまで送っていただくなんてとんでもないです。ひとりで大丈夫です」

「遠慮しなくていい」

佐久間はさっさと春華の荷物を持った。春華は、この男に監視されるのだと思った。

玄関脇に黒塗りのベンツが停まっていた。

「お荷物はトランクに入れておきます」

「いえ、少しだし、座席でいいわ」

春華は佐久間の隙を狙って途中で車を降り、一刻も早く宇津木との関係を断ち切りたいと思っていた。それには、荷物を自分の近くに置いておかなければならない。

「電話をかけていいかしら」

本館を出るときから、春華はしっかりと携帯電話を握っていた。

「どうぞ」

清水の携帯に電話する指先が震えそうになり、動悸がした。診察中で電源が切ってあるかもしれないと思ったが、すぐに清水の声がした。

「私……春華よ……電話できずにごめんなさい……特別講習っていうのを受けていて、いっさい外部に連絡できなかったものだから」

春華は後部座席のドア付近に立っている佐久間を意識していた。

「もしもし……聞こえてる？　春華よ。これから一週間、休暇がもらえたの。きょう、会えるわね？」

「きょうは……無理だ」

清水は声を弾ませて悦んでくれると思っていた。しかし、声は低く、春華が落胆するような返事しか返ってこなかった。

「当直なの……？」

「いや……ともかく、きょうはだめだ」

「夜遅くなら大丈夫でしょう？　あなたのお部屋で待っててもいい？」

ふたりは互いの部屋の鍵を持って行き来していた。春華の部屋は引き払ったが、清水の部屋の鍵は大事に持っていた。

「部屋、変わったんだ」

「変わった……？　どういうこと？」

「ほんの数日前、引っ越したんだ。今、悪いけど、取り込んでるから」

「明日は会えるわね？」

「ちょっとわからない。切っていいか」

「夜中にでも、いいえ、いつでも……時間ができたら携帯に電話して。待ってるから」

「わかった」

電話が切れた後、春華は呆然としていた。今夜は清水の部屋で過ごせると思っていたが、大切な鍵は無用の長物となってしまった。

「よろしいですか？」

乗車を促す佐久間の声がした。

すぐに清水に会えないかもしれないと思うと、もどかしいより淋しかった。清水の声が弾まなかったのは、仕事のことで失敗でもしたのかもしれないと、それも気になった。

「院長が用意して下さったホテルは豪華すぎて落ち着かないから、ほかのホテルにするわ……新宿あたりで降ろして下さい」

「とんでもない。優秀な女医さんにはぴったりのホテルです。チェックインだけでもなさって下さい。私には女房と三人の子供がいますし、院長に誡にされたら困るんです。女房は体が弱くて働けませんし……」

　バックミラー越しに訴える佐久間の気弱そうな目を見ると、春華はそれ以上のことが言えなくなった。

2

　ホテルに着くと、佐久間は駐車場に車を入れ、春華の荷物を持った。いっしょに泊まれと宇津木に命じられているのではないかと困惑したが、チェックインを見届けて戻っていった。これで本当に自由になれるのだと、春華はようやく安堵《あんど》した。

　たいした荷物もないので、春華はボーイの案内を断り、エレベーターに乗った。自由の喜びとは別に、清水のことを考えると、大きな溜息が洩れた。

　エレベーターを降りたとき、扉の前にいた男が、よろりと倒れそうになった。

「大丈夫ですか」

　春華は男を支えた。そして、こめかみを押さえるようにした男の脈を取っていた。異常は認められない。

「ちょっと立ち眩みです……たいしたことはありません。参ったな……女性に頼むのも気が引けますが、部屋に戻って休みます。付き添っていただけませんか。部屋の前まででけっこうです」

男が宇津木の知り合いの長谷川で、数軒のジュエリーショップを経営しており、裏ではSMサロンのオーナーであることを、春華は知る由もなかった。

長谷川は部屋の前で、またよろけて見せた。

「大丈夫ですか……」

「医者を呼んでもらった方がいいかな……いや、大袈裟《おおげさ》になるとまずい」

「私、医者です。持病でもお持ちですか」

「お医者さんですか……僕も運がいいな。ハードスケジュールだったんで疲れてるだけだと思います……これといった持病もないですし。部屋、開けていただけませんか」

春華はこめかみを押さえている長谷川のキーを受け取って開け、何の危険も感じず、部屋に入った。そして、額に手を当てて熱を計ったり、脈を取り直したりした。

「熱もないようですし、脈も特におかしくはないようです。少しお休みになったら気分もよくなるんじゃないかと思います。どなたかお連れはいらっしゃらないんですか？」

「夜に接客の予定はありますが、ひとりで泊まってます。先生に鍵を預けておきますから、あとでようすを見に来ていただくわけにはいきませんか。こんなことは今までなかったんで、正直言って、ちょっとばかり不安です。いくらあなたが先生といっても、無理なお願いはできませんから、一度だけでいいです。二、三時間ばかりあとで」

「わかりました」

これから春華は、いつかかってくるかわからない清水からの電話を待つしかない。外に出ようという気持ちもなく、長谷川の願いをすぐに受け入れた。

「あの……先生が何号室にお泊まりかだけ教えていただけませんか。こちらからお電話することもあるかもしれませんから」

長谷川は気怠そうにしゃべった。

「あら、ごめんなさい。鍵を預かるのに、私の部屋がわからなくては何かのときにお困りですよね」

春華はホテルのメモ用紙にルームナンバーと苗字を書いた。

「何かあったら、いつでもお電話なさって下さい。ゆっくり休んで下さいね」

春華は長谷川のキーを持って外に出た。

贅沢すぎる広くて豪華な部屋を見ても、春華の心は弾まなかった。テレビを見る気にも眠る気にもなれず、ときおり外の景色を眺めたりして、ぼんやりと過ごした。

二時間ほどして長谷川の部屋に入ったが眠っている。また一時間して様子を見に行った。

「あ……いらっしゃってたんですか」

　長谷川が目を開けた。

「あら……起こしてしまったかしら……ごめんなさい。そっと入ったつもりだったんですけど。ご気分はいかが？」

「いやあ、熟睡したのかな、だいぶすっきりしました。ご迷惑おかけしました。ヨーロッパから帰ってきたばかりで、時差ボケもあったかもしれません」

「やっぱりお疲れでしょうね。でも、安心しました」

「ご用がおありになったんでしょうに、迷惑をかけてしまいました。これからシャワーを浴びたら、もっとすっきりするような気がします。現金なもので腹が減ってきました。夕飯、ご馳走させていただけませんか。ホテルの和食でも。うまい店があるんですよ。先生ならご存じでしょうが」

「あの……夕食なんて……電話が入ることになっていますし」

「お礼をしないわけにはいきませんよ。三十分後、先生の部屋をノックします。ぜひご馳走させて下さい。電話があったら店にまわしてもらうように、フロントにメッセージを頼んでおけばいいじゃありませんか」

「いえ、携帯です……」

「なんだ、じゃあ、どこにいようとかまわないじゃありませんか」

長谷川はにこやかに笑った。

3

長谷川がホテルにある高級割烹《かっぽう》料理店の暖簾《のれん》をくぐった。後から入った春華は、席についてはじめて、近くの席に清水がいるのに気づき、声を上げそうになった。清水は若い美形の女と、五十前後の上品な男女と四人連れで食事をしていた。

「先生、どうしました」

「ちょっと知り合いが……」

「挨拶してきますか？」

「いえ、邪魔をするといけませんから……」

春華はすぐにでも清水のそばに飛んでいきたかった。だが、入り込めない雰囲気だった。四人はにこやかに談笑しながら食事している。まだ清水は春華に気づいていない。周囲には目もくれずに、同席の三人と話している。清水の笑顔を見ると、春華は暗い穴に沈んでいくようだった。

長谷川の言葉も上《うわ》の空《そら》で、四人の会話に耳を傾けた。

『お食事が終わったら、あんまり私たちの邪魔をしないでね。ふたりで呑みにでも行こうかしら』

女の弾んだ声がはっきりと聞こえた。

『それがいい。ここのクラブはゆっくりできる。そろそろピアノの演奏も入る時間じゃなかったかな』

『パパにご馳走してもらっていいの？』

『もちろんだ。ほら、おまえにカードを渡しておくから、使うといい。明日は返してもらうぞ』

『僕が自分で払いますから……』

『何を堅苦しいことを言うんだ。息子じゃないか』

『まあ、あなた、気が早い。そんな勝手なことを……でも、清水さん、私からもお願いしますわ』

春華は清水を囲む三人が、娘とその両親らしいと知り、話の内容に愕然とした。

「先生、朝比奈さん、どうしました？」

春華は我に返った。

二十分ほどして、清水たちが席を立った。女が清水の手を握った。清水はそれを拒まなかった。そんなふたりを、夫婦は口許に笑みを浮かべて見つめていた。清水は春華に気づかないまま出ていこうとしていた。

春華は席を立ち、清水の後を追った。

「清水さん……」

振り向いた清水がギョッとした顔をした。

「お知り合い？」

女は笑顔で尋ねた。

「ああ、医学部でいっしょだった人だ……」

「まあ、女医さんなの？　きれいな先生」

「清水さん、お元気？」

どういうことかと尋ねたい気持ちを、三人の手前、春華は辛うじて抑えた。

「なんとかやってるよ。こんなところで会うとは思わなかったな。じゃあ、また、そのうちに」

清水は素っ気なかった。女と両親らしいふたりは、穏和な顔で春華に会釈して出ていった。

そのとき、長谷川がやってきた。

「急に血相変えて席を立ったんで、どうしたのかと思いましたよ。今のは青山にある河井総合病院の院長じゃありませんか。青山にも僕の店があって……そうか、まだ話していませんでしたね……ともかく、それで、僕も診てもらったことがあるんです。朝比奈さんの知り合いというのは河井院長のことでしたか。偶然とはいえ、驚きだな。二、三年前、一度きりの診察だったんで、向こうは僕のことなんか覚えてないでしょうが」

清水の連れが河井総合病院の院長夫婦とその娘とわかり、春華は恋人の心変わりを知った。なぜ急に引っ越したのか不思議だったが、その意味もわかったような気がした。

「朝比奈さん、どうしました……バーで呑もうかと思っていましたが、部屋でゆっくり呑みますか」

どうやって部屋に着いたのかわからなかった。

「チャージは僕の部屋につけてもらいますから、適当にルームサービスを頼みますよ。ここは素敵な部屋ですね。高そうだな」

長谷川はブランディやつまみを頼んだ。

春華はこれまでになく速いピッチで呑んでいた。またたくまに酔った。

「先生がこんな呑み方をするなんて、どうしたんです」

ソファから春華を立ち上がらせた長谷川は、さっと抱き上げ、寝室のベッドに運んだ。

「医者はストレスが多いんでしょう？　それにしても、先生のように魅力的な人が、ひとりでホテルに泊まって休養なんて、あんまり淋しいじゃありませんか」

強引に呑ませるまでもなく、清水と実香のツーショットに動揺して酔ってしまった春華を眺め、長谷川は他愛ないとほくそえんだ。

一カ月以上、宇津木医院の御殿で玩ばれた春華の躰を、これからじっくり味わうのだ。時間はいくらでもある。

ブランディの匂いのする唇を塞いだ。

「ぐ……」

春華は首を振りたくろうとした。しかし、強引に塞いでいると、やがて力を抜いた。長谷川は舌を入れた。キスをしながら服を脱がせていった。春華は抵抗しなかった。清水との仲が揺るぎないものであれば、こうはいかなかっただろうが、酔いも手伝って、身を守る術《すべ》を失っている。

素っ裸にした春華の両腕を押さえ、長谷川は白い総身を見下ろした。ほどよい大きさの乳房、漆黒の翳り。すべすべの肌。上等の躰だ。しかし、これが普通の女ならそれだけの価値でしかない。春華は優秀な女医ということで、普通の女より、何倍もの価値がある。しかも、宇津木によって調教途中となると、嗜虐の血を滾《たぎ》らせる長谷川にとってはこたえられない。

「いや……」

「何がいやです。酔うと男が欲しくなるでしょう？」

長谷川は乳首を吸い、舌先で転がした。酔いで神経が鈍麻しているのが残念だが、春華は小さな喘ぎを洩らした。酔いが醒めたとき、またじっくりといたぶればいい。女園を観察することにして、太腿を押し上げた。

「いやっ」

尻がくねった。だが、本当の抵抗ではなかった。

ふっくらとした肉饅頭の内側に、女の器官がこぢんまりと収まっている。色も形もいい。

（この尿道にカテーテルを入れて玩ぶだけで、イッたとは素質があるな。院長はケツでもイッたと言ってたが、まだその後ろが処女とは惜しい。ケツに入れたいが、バイブだけしか許さんと言われたしな……誰がこいつの後ろの処女をもらうんだろうな。院長もよく我慢したもんだ。うんと高くふっかけるんだろうな）

長谷川はきれいなすぼまりを見て、舌打ちしたいような気がした。

「きれいなお××コとアヌスだ」

「見ないで……」

春華がとろんとした目をして言った。長谷川にしてみれば、今の春華は、エレベーターの前で脈を取った理知的できりりとした女医ではなく、ただの女だった。

酔った女にまともなことをしても面白くない。ジャケットのポケットからコンドームを出した。長谷川は、右の中指に被せた。バイブも咥えられるアヌスなら、マッサージなしでも指の一、二本はすぐに入るはずだ。

表情を見るために、仰向けのままの片足を右手で押し上げ、後ろのすぼまりにコンドームを被せている指を当てた。

春華の総身が、一瞬だけ硬直した。

「リラックスして」

指を押し込むと、やわらかい菊の花は、すぐに指を呑み込んでいった。

「んんっ」

眉根を寄せて喘ぐ春華を見つめる長谷川は、菊口の心地よい締めつけを知ると、思いきり破廉恥にいたぶりたいと思った。だが、まだ早い。今夜だけで終わるわけにはいかない相手だ。

「後ろはいや……いや」

「後ろがあんまり可愛くひくついてたから」

長谷川はゆっくりと指の出し入れをしながら、腸壁や入り口付近を念入りに愛撫した。親指では聖水口や肉のマメを擦った。

「あう……あ……」

「いいか？」

乳首もときおり唇で玩んだ。

蜜が溢れだしてきた。

「ちょうだい……あう……ね、ちょうだい」

かつて、後ろのすぼまりなど触られたことがなかった春華は、宇津木にそこを触られたとき、おぞましさにそそけだった。だが今は、すぼまりから全身へと、切なくなるような感覚が広がっていた。肉のマメだけではなく、聖水口も疼いていた。

「指だけじゃ物足りないのか」

「大きいのをちょうだい。お願い」

肉の疼きと、清水を失うかもしれないわびしさに、春華はきょう会ったばかりの長谷川を求めていた。

長谷川の黒々とした剛直が、春華の花びらのあわいを貫いた。

「あう！」

肉襞いっぱいに押し入ってきた肉茎に、春華は顎を突き出しながら声を上げた。

4

「お早う。やっとお目覚めか」

　ベッドにいる裸の長谷川に気づき、春華は動揺した。夕食のことは覚えているが、部屋に戻ってきてからのことは、ほとんど記憶にない。少し頭が重かった。

「先生の躰は素晴らしい。求められて光栄だった。でも、先生がひとりでスイートルームに泊まってるなんて、最初は信じていなかったんだ。でも、今まで誰も訪ねてこなかったところをみると、本当にただの休養だったようだ。僕みたいな者でよかったんですか？」

「私、あなたと……？」

　素っ裸でいる自分にも気づき春華は恐る恐る尋ねた。

「えっ、覚えてないのか……ちょっとがっかりだな。抱いてくれと言ったこともか？　うんと乱れて、いい声を上げてくれたのに。前だけじゃなく、後ろでも感じてくれたんで、凄く嬉しかった」

「そんな……嘘……そんなはずないわ」

　春華はカッと汗ばんだ。

「アナルセックスはしていない。ただ、後ろを指で触ったら、凄く気持ちがいいと言ってくれたから、じっくりといじってやったのに、それも覚えてないのか」

春華は恥ずかしさに消え入りたかった
「先生は案外ウブで可愛い人なんだな。そんなに赤くなって」

長谷川は春華を嘘の言葉で適当に玩びながら、反応を窺った。

「好きな人はいないのか。いや、いたら、僕を誘ったりしないか。それとも、ちょっとした一夜のお遊びかな。それでも光栄だが」

長谷川は春華を抱き寄せて唇を塞いだ。春華は長谷川を押し戻し、口を固く閉じた。

「酔っていたからと……そういうことか。でも、ぼくはもう先生のことを好きになってしまった。たとえ、今すぐ出て行けと言われても、素直に聞くことなんかできないな」

強引に腰を引き戻し、唇を奪った。

「うぐ……」

春華は首を振り立てようとした。

長谷川は唇を塞いだまま、太腿の狭間に手を入れた。太腿が固く合わさった。

長谷川は乳房から責めることにした。張りのある膨らみを掌に入れて揉みしだきながら、中指と人差し指で乳首を軽くはさみ、締めつけたりゆるめたりした。

「くっ……」

昨夜とちがい、アルコールが入っていないだけに、春華の感度はすこぶるいい。乳首へのソフトな愛撫だけで、塞がれた唇のあわいから、くぐもった声が洩れた。春華は身をくねらせて、指から逃れようとする。長谷川は片手でしっかりと春華を抱き寄せたまま、唇も奪い、その強引さとは裏腹に、焦らすような乳首への責めを続けた。

春華の総身が熱くなってきた。固く閉じていた唇の力を抜き、舌を差し入れ、積極的に唾液を貪りはじめた。

(宇津木院長の奴、だいぶこいつを可愛がったようだな。火をつけさえすれば肉が疼いて我慢できない体になっている。それがわかったから、こうして放してみたんだろうが、こいつはまだ自分が肉奴隷になったのに気づいていないらしいな)

長谷川は乳首を責めていた指を下腹部に移した。今度は、容易に太腿の間にもぐり込ませることができた。柔肉のあわいを探ると、蜜でびっしょりと濡れている。

ぬるりとした花びらを、ゆっくりといじった。肉のマメには故意に触れず、女壺にも指を入れず、ねっちりと花びらだけをいじりまわした。

「んん……」

長谷川の唾液を貪りながら、春華は腰をくねらせ、押しつけた。

（もっと……）

春華は強い刺激が欲しかった。焦れったい指の動きに、半端に肉が疼く。それを癒すように、いっそう激しく長谷川と舌を絡めた。

うねるような腰の動きをはじめた春華に、長谷川はほくそえんだ。びらびらと二枚の花びらだけを辛抱強く玩んだ。春華の鼻から荒い息が洩れている。飢えたような唾液の貪り方だ。

「そこだけはいや……」

ついに春華が顔を離して訴えた。

「酒が入っていなくても僕を求めてくれるのか。昨夜のように、遠慮なく何でも言ってくれると嬉しい。僕はノーマルでもアブノーマルでもいける。きみはどうやらアブノーマルみたいだな」

「そんな……そんなことないわ。いや！」

春華はいっぺんに正気になって、求めようとしていた長谷川を拒んだ。

「そうか、ひょっとして凌辱プレイが好みか。じゃあ、真剣そのもののレイプゴッコにするか」

長谷川は美しい女医の心を玩んだ。それから、容赦なくひっくり返して、両脚を体重をかけて押さえ込み、バスローブの紐で後ろ手にした手首をしっかりと括った。

「いや！」

「どう料理しようか、お嬢さん、アナルがいいか、ヴァギナか。ふふ、どっちもか」

細い肩をくねらせてもがく春華の腰を後ろから掬い上げた長谷川は、太腿を大胆に割りひらいた。

「おお、後ろから見る赤貝はべっとり濡れていやらしそうだ。いやだいやだと言いながら、もうこんなに濡れていたのか」

涎《よだれ》を垂らしたような秘貝がひくついている。美しく淫らな女の器官だ。ここをどうやって宇津木医院の特別室でいたぶられていたのか、想像するだけで長谷川の血は妖しく滾った。

菊のつぼみも秘口といっしょに生き物のように蠢いている。長谷川は後ろのすぼまりを舐め上げた。

「んんっ！　いやっ！　そこはいやっ！」

後ろ手にいましめられているために、春華はシーツにつけた頭を上げることが出来ず、掬い上げられている尻を振りたくった。

長谷川は春華の尻が落ちないようにがっしりと摑んで支え、すぼんだ中心を舌先でつついた。

「くっ……いや……いや……いや……くうう……んんん」

拒絶の声が、徐々に悦楽だけの喘ぎ声に変わっていった。

長谷川は中指にコンドームを被せ、すぼまりに押し込んだ。

「くうう……」

「昨夜もココがいいと言ってたな。指だけでは物足りないかもしれないが、後ろでするときは中をきれいに洗ってからと決めてるんでな。先生は何科が専門だ。自分で浣腸でもして、男に後ろをねだることもあるんじゃないのか」

何を言われても春華は喘ぐだけだ。長谷川は中指を動かすとき、親指でぬめった花びらと肉のマメも同時にいじった。それから、秘口の入り口付近で出し入れした。

「洩らしたように濡れてきたぞ。前も後ろもこんなに感じるとは、幸せな女医さんだな」

花びらだけをじっくりといたぶったように、ゆっくりと焦らすように指を動かし続けた。

「お願い……もっと……ねえ……もっと強くして。指だけはいや……入れてちょうだい」

「だったら、尻をうんと突き出せ」

春華の尻がグイと持ち上がった。

「いい格好だ。まじめな顔をした女医さんが、こんなにいやらしいとは思わなかった。だけど、女はいやらしい方がいい。先生のように理知的な美人がこんな格好をしてくれると、男はそそられる。嬉しくていくらでもサービスしたくなる」

長谷川のねちっこいいたぶりは、春華を絶頂には導かず、狂おしく身悶えさせるだけだった。

5

「ちょうだい……ね、入れて」

「その前に、元気な息子を可愛がってくれないか」

長谷川は床に立った。

「解いて……」

「そのままがいい。その方がアブノーマルな先生は感じるんだろう？　括られると感度がよくなるはずだ」

以前なら、いましめられるだけでも抵抗していただろう。だが、宇津木医院では、こんなことは比較にならない破廉恥ないたぶりを受けてきただけに、手首だけを後ろ手にして括られることなど、たいしたことではなかった。むしろ、両手が自由なときより、長谷川が言うように、総身が敏感になっていた。

「しゃぶってくれないのか」

促され、春華はベッドを下りた。そして、肉茎を口に入れるため、跪いた。顔の前の剛直をあらためて眺め、黒々とした太さに喉を鳴らした。

「どうだ、気に入ってくれたか」

春華は何も言わず、それを口に含んだ。奴隷の姿をして奉仕していることに気づかなかった。その姿をさせるために、わざわざ長谷川がベッドを下りたことなど考えもしなかった。

春華は疼く躰を癒されたいと、必死に舌と頭を動かした。側面を唇でしごき立てながら、舌で亀頭や肉傘の裏を舐めまわした。

「いい気持ちだ。先生とならうんとセックスが楽しめそうだ。手を括らせてくれたし、アヌスを舐めると悦んでくれるし、なかなか最初からこうはいかないからな」

長谷川は、自分の経営する本格的なプレイルームで、思いきりいたぶってみたいと思いながら、ふるふると揺れる長い睫毛を見下ろしていた。

そのとき、電話が鳴った。ハッとした春華が顔を上げた。清水の顔が浮かんだ。

「解いて！」

「もしかして、きょう、彼氏と会うことになっていたのか。こんなことをしてる最中だというのに妬《や》けるな」

受話器を取った長谷川は、括ったままの春華の耳に受話器を当てた。

『フロントでございます。清水様から九時になったら朝比奈様に渡してほしいというお荷物を預かっておりますが、お持ちしてよろしいでしょうか』

清水からと聞き、春華は動悸がした。

『いかがいたしますか？』

「お願いします」

『では、これからすぐにお持ちします』

電話が切れた。

「ね、解いて。これから、フロントの人が来るの。知り合いからの預かりものですって。早く解いて」

春華は焦った。

「残酷だな、フェラチオしてもらっていたのに。本当に、ただの知り合いなのかな」

長谷川がいましめを解くと、春華は急いでバスローブを羽織った。

ボーイが持ってきたのは小さな包みだった。開けるとビデオテープが一本入っていた。

「退屈しのぎに映画でも見てくれってことか。退屈なんてしてないが、せっかく知り合いが気を利かせてくれたのなら、見ないと悪いかな」

長谷川はビデオを春華の手から奪うと、テレビの下のデッキに差し込んだ。

「ひとりで見たいの……ちょっと遠慮してほしいんだけど」

「そんなことを言われると、ますます見たくなる。秘密のビデオには何が映っているかな」

とうにビデオの内容を知っている長谷川は、春華の反応を楽しみながら、リモコンの再生ボタンを押した。

男と女のディープキスが映った。最初は顔がわからなかったが、ベッドで抱き合っているふたりが躰を動かしたとき、横顔が映った。

春華は男が清水であることに気づき、息を呑んだ。女は、昨夜、清水といっしょだった河井総合病院の娘ということもわかった。ホテルの割烹料理店で、春華は清水と女が気になって盗み見ていた。出口で女と顔を会わせている。忘れるはずがない。

「ほう、何かと思ったらエロビデオじゃないか。ひとりで見たいと言ったのは、そういうことだったのか。先生は意外なことだらけだ。こんなものに興味があったとは、まあ、女が興味を持っちゃいけないはずはないし、健康な証拠かもしれないが」

画面から目を逸らさず、胸を喘がせている春華を見やりながら、長谷川は宇津木院長の手の込んだ計画に呆れながらも、心弾んでいた。

『あう……国弘さん』

『いいか……実香』

『恥ずかしい……そんなに見ないで』

ディープキスからクンニリングスへと移り、大きく実香の太腿を押し上げた清水が、顔を上げて女園をじっと眺めていた。

『きれいだ。もうジュースがたくさん出てるぞ』

『全部、国弘さんのものよ。食べて』

秘園に顔を埋めた清水が、舌を伸ばした。じきに、ペチョペチョと破廉恥な舐め音がしてきた。

「ほう、どうやら、このふたり、玄人じゃないみたいだ……どこかで見たような気がするな……」

長谷川は腕組みして考えるふりをした。

「そうか！　おい、ひょっとして、昨日会った河井総合病院の院長の娘と連れじゃないのか」

春華の唇が震えた。

「どういうことだ……なあ、どうしてこれがフロントに預けられていたんだ。悪戯か？　あの院長、こんなものがあると知ってるのかな。いや、まさかな……」

春華は聞いているのかいないのか、瞬きを忘れたように画面に見入っていた。

『ああ……国弘さん……気持ちいい……オマメをそんなにされると……実香、イッちゃう……すぐにイッちゃうわ』

胸を突き出し、眉間に皺を寄せた実香が、女から見てもゾクリとするような喘ぎを洩らしながら、身悶えしている。清水の舌戯は執拗だった。

『もうすぐ……ね、もうすぐなの……あう、イクわ……くっ！』

実香が口を大きくあけて顎を突き出した。

躰を起こした清水は、実香の女壺に、即座に剛棒を突き刺した。

『いい……実香のココは最高だ。それに、なんていい匂いだ。実香のような匂いのする女なんかいやしない。どんな香水よりいい匂いだ。イケばイクほど、この匂いが強くなる。この匂いを知ってしまったら、もう実香とは離れられない』

清水の実香への言葉を耳にした春華は、完全に清水を失ったことを知った。短い間に何があったのかわからない。だが、清水は春華が特別室で辱めを受けていたときに新しい女と知り合い、いまは身も心もその女に傾いてしまっているのだ。

『匂いだけ？　ね、匂いが好きなだけ？』

『実香の全部が好きだ。実香のためなら何でもする』

『私と結婚して病院を継いでちょうだい』

『僕でいいのか。本当にいいのか』

『国弘さんでないとだめ』

清水の腰が動きはじめた。清水の背中には、実香の白い腕がしっかりとまわっていた。実香のラビアピアスは、清水の躰に隠れ、春華には見えなかった。

「なんだ、ふたりとも自分たちの甘い囁きとセックスを人に見せるのが趣味の変態か？　だけど、どうして先生に寄越したんだろうな」

『ああっ、いい、いいの……ああっ、そこ』

実香のすすり泣くような喘ぎが広がった。

6

春華はリモコンを取ってビデオを切った。

「なんだ、最後まで見ないのか」

「抱いて！」

春華は長谷川の唇を求めた。

「ビデオのふたりに負けずにやろうってことか。魅力的な女医さんからそう言われると、うんと悦ばせてやりたくなる」

宇津木の謀略に引っかかった春華と清水に、男と女の仲など他愛ないものだと、長谷川はせせら笑った。

「さっきの続きだ。両手を括らせてもらおうか」

「いや」

「括ってほしいくせに」

バスローブを剝ぎ取り、片手でグイと引っ張って捻り上げ、後ろ手にしてバスローブの紐で手首を括った。

「続きだ。フェラチオしてくれ」

「いや。解いて」

抱いてと言ったものの、春華は素直に躰を任せる気になれなかった。清水と実香の姿態が脳裏に焼きついて離れなかった。

「またレイプゴッコしたいってわけか。先生もアブノーマルで燃えるタイプみたいだからな。何でもご希望どおりだ」

唇を歪めた長谷川は、ひっくり返した春華の上体をベッドに預けさせ、平手で尻を打ち叩いた。

「ヒッ！　いやっ！　やめて！　ヒッ！」

「いい音だ。いやらしい女医さんの尻には、しっかりお仕置きしておかないとな」

平手で数回、豊臀を叩きのめした長谷川は、今度はスリッパを取ってひっぱたいた。

「くっ！　あうっ！　んっ！」

起き上がろうとする春華の背中を片手で押さえ込み、長谷川は尻が真っ赤になるまでスリッパで打ちのめした。

そのあと、打擲の痕のついた尻を撫でまわした。掌を返して、尻から背中へと、指先の爪で肌の表面を這い上がっていった。

「くううっ」

尻は火照ってひりついているというのに、ざわざわと総身がそそけだっていった。

長谷川はまた平手で尻を打ち叩いた。

「痛っ！　あっ！」

尻を打ち据えては、焦らすように背中や内腿を撫でまわし、また打ち叩く。それを繰り返していると、上体をベッドに預けきった春華が、色っぽい喘ぎを洩らすようになった。

長谷川は太腿の間に手を入れ、後ろから柔肉のあわいを探った。納豆のようなぬめりが指にまつわりついた。

「ちょっとじっとしてろよ。動いたら、今度は革靴でひっぱたくから痣《あざ》になるぞ」

長谷川は剃刀《かみそり》とシェービングクリームを浴室から持ってきた。

「いやらしい変態女医さんのオケケをさっぱりと散髪してやることにしよう。仰向けになって脚を開いてもらおうか」

「いやっ！」

剃刀を見た春華は、形相を変えて逃げようとした。

「オマメを切り取られたいのか」

春華の全身が強張った。

「オマメに傷がついたら、誰に連絡すればいい？　河井総合病院でいいのか。院長に来てもらって、ついでにこのビデオを観賞してもらうとひっくり返るだろうな。さあ、どうする、本気だぞ」

「やめて……」

「彼氏でもいるなら遠慮するところだが、いないようじゃないか。剃らせてくれたっていいだろう？　どうせまた生えてくるんだ」

「いや」

「じゃあ、オマメがなくなると可哀想だから、マメの皮だけ切り取らせてもらおうか」

「ヒッ！　やめて……」

「じゃあ、オケケをきれいに剃毛して下さいと言ってもらおうか。頼まれたことしかしたくないからな」

剃刀をちらつかせる長谷川に、春華は言いなりになるしかなかった。

「剃毛して下さい……」

「どこを剃るか言ってくれないとわからないな。全身に毛はあるんだ。脚の先から頭のてっぺんまで剃るか？　それでもいいんだぞ」

「私の恥毛を……剃って下さい」

春華は自分の言葉を恥じらった。

「先生にお願いされたんじゃ、仕方ないな」

仰向けになって脚をひらいた春華の腰の下にバスタオルを敷いた長谷川は、漆黒の翳りにシェービングクリームを塗り、まず恥丘から恥骨に向かって剃刀を滑らせた。シャリッと音がして、剃刀が動いただけ翳りが消えた。

春華の胸が波打った。思春期に恥ずかしいものが生えてきたときから、そこを剃ったりしたことはない。かつては黒いものが生えてきて恥ずかしかったというのに、今は、それが消えるのがたまらなく恥ずかしかった。

「動くなよ。お饅頭のところを剃るからな。先生は患者を剃毛するのには慣れてるかもしれないが、剃られることはないんだろう？」

肉の饅頭を横に引っ張られ、花びらに近い縁を剃られるとき、春華は拳を握った。

「先生、オケケを剃られて濡れてきたみたいだ。本当に変態だな」

「そんな……嘘」

「嘘じゃない」

「あう！」

いきなり秘口に指を押し込まれ、春華は声を上げた。

「ほら、こんなにベトベトだ」

濡れた指を差し出され、春華は首を振った。

「アブノーマルなことをされて濡れる女性に会ってすごく嬉しい。剃毛されたくて仕方なかったのに、誰もしてくれなかったってわけか？」

春華は長谷川の言葉を信じたくなかった。だが、蜜はトロトロと溢れているのだ。

「よし、きれいになった。風呂場に行こう」

長谷川は後ろ手に括ったままの春華を浴室に引っ張っていき、下腹部を洗った。そして、またベッドに引き戻した。

「ふふ、赤ん坊みたいだ。オケケはあってもよし、なくてもよし、それぞれ景色がちがって面白いものだな」

消えた翳りの跡を舌で辿って長谷川は、冷蔵庫に入っていた栄養ドリンクの小瓶《こびん》の底をぬめった秘口にあてがい、ねじ込んでいった。

「くうう……冷たい……いや……ああう」

「指と口でこのあたりを舐めまわしている間、ヴァギナに何か入れておかないと淋しいだろう? おお、頭だけ残して瓶を呑み込んだじゃないか。本物は最後の最後だぞ」

ドリンク瓶が出てこないように蓋《ふた》の部分を押さえた長谷川は、花びらの縁に沿って舌を動かした。

「おかしくなる……ああ……こんなことされるとおかしくなるの」

翳りを一本残らず剃毛され、異物を女壺に挿入されているというだけで、春華の躰は熱かった。花びらが敏感になっていた。肌が粟立った。

「やけに感じてるようだな」

瓶から手を離した長谷川は、肉の饅頭を両手でくつろげ、包皮から大きく顔を出している肉のマメを、軽くチュルッと吸い上げた。

「んんっ!」

早くも法悦を極めた春華は、女壺に挿入されている異物をまたたくまに押し出していた。

第八章　愛人志願

1

「連れていきたいところがあるんだ。まだ休暇が取れるのなら、俺につき合わないか」

「お仕事は？　あなた、家に帰らなくて大丈夫なの？」

何度も激しい交わりをしていながら、春華は長谷川のことを何も知らなかった。長谷川に対して愛情があるわけでもない。結婚する相手と信じていた清水の心変わりを知り、少しでも心の痛みを癒したいと、目の前にいた男を求めただけだ。だが、長谷川のテクニックは巧みで、ベッドの上で、春華は総身がとろけるような心地よい疼きを与えられ、求められればそのたびに受け入れた。

後ろ手に括られ、剃毛までされてしまったが、怒りはなかった。その瞬間、焦りはあったが、破廉恥なことをされると、躰の奥深いところが燃え上がり、総身が快感の塊になっていくような気がした。

「ね、あなたの歳なら、奥さん、いらっしゃるんでしょう？　電話もしていないようだけど、大丈夫？」

「ふたりきりのとき、そんな野暮なことは言わない方がいい」

「でも、私、あなたのこと、何にも知らないわ。別に、それでもいいんだけど……」

「これっきりだからか」

そう言われると、後ろ髪を引かれるような気がした。これほどベッドで悦ばせてくれる男は簡単には見つからないだろう。清水を失った哀しみは簡単には癒《い》えないだろうが、だからこそよけい、今は長谷川が必要だった。

「僕はきみとのセックスが気に入った。最高だ。これからもたまに会えたらと思ってる。女房はいる。だけど、僕に干渉はしない。ホテルに泊まりたきゃ、勝手に泊まる。何かあったら携帯で連絡がつく時代だからな。ときどき僕とつき合うのはいやか」

「いやじゃないわ……」

「光栄だ。じゃあ、僕につき合ってくれ。がっかりはさせないつもりだ。いくらスイートルームだからって、ホテルにばかり閉じこもっていたら黴《かび》が生えるぞ」

「どんな仕事をしているかだけ教えて。何も知らないってことは、やっぱりちょっと不安よ」

「信用できない顔をしてるだろうな」

長谷川は唇をほころばせた。

「そんなつもりじゃ……」

「ジュエリーショップを持ってる。そうだ。ちょっと寄っていこう。きみに似合いのものをプレゼントしよう」

長谷川はまず六本木《ろっぽんぎ》の店に春華を連れていった。ビルの一階に〈ジュエリー長谷川〉の洒落《しゃれ》た看板が掛かっていた。

「いらっしゃいませ」

モデルと見まちがいそうな美形でスラリとした三十代前半の女が春華に会釈した。

「社長、お電話が入っております」

女はメモを数枚、長谷川に渡した。

女の名は知香子《ちかこ》。長谷川の愛人のひとりだ。調教され、長谷川の持ち物である印のピアスが、ラビアに施されていた。

「この人に似合いそうなネックレスを探してやってくれ。奥で電話してくる」

長谷川が消えた。

「どれもお似合いになるみたいですけど、この黒真珠はいかが？」

知香子が手にしたのは、たった一粒で二百万円近いものだ。

「ピーコックグリーン、ご存じでしょうけど、クジャクの羽根のように青みがかった色をしたこれは、黒真珠の中でも最高のものです」

知香子はそれを春華の首にまわした。

「ステキ……どんな方が買っていかれるのかしら……」

「お似合いだわ。ダイヤなんかより、これがいいと思いますけど、いかが？　お気に召していただけるかしら？」

「これを気に入らない人なんていないと思うわ。汚すといけないわ。ありがとう」

鏡に映った高価な真珠玉を眺めた春華は、溜息をつきたくなった。

「じゃあ、これでよろしいですか？」

「えっ？　あら、ごめんなさい……買うつもりはないの。社長さんに連れてこられただけなの」

春華は恐縮した顔を知香子に向けた。

「あなたに似合いそうなものを探してやってくれとおっしゃったからには、社長からのプレゼントです」

「まさか……」

春華には知香子が何か勘違いをしているとしか思えなかった。

「どうぞ、お好きなものを。これより他のものがよろしかったら、それをお選びになるといいわ」

「とんでもない……」

　ここに来る前、長谷川に、似合いのものをプレゼントしようと言われたが、こんな高価なものを簡単にプレゼントされるとは思っていない。

「何かあったか」

「これはいかがかと思ったんですが」

「ああ、それは上品でいい。なかなかいい色だ。それをプレゼントしよう」

「プレゼントしようって……お値段、勘違いしてらっしゃらない……？」

「うん？　勘違いというと、優秀な女医さんには一桁上のものでないとまずいってことか。たかだか二百万そこらのものは恥ずかしくてつけられないというわけか」

　どうやら長谷川が二百万近い真珠をプレゼントするつもりなのだと知り、春華は啞然《あぜん》とした。

「私には高価すぎて……」

「冗談だろう？　遠慮深い人だ。そのままつけていくといい」

「困ります……」

「後で金を払えなんて言わない。もらってくれ。助けてもらった礼だ。さんざん貴重な時間を取らせてしまったからな。じゃあ、出かけよう」

「ありがとうございました」

外まで送った知香子が、丁寧に頭を下げて見送った。

「こんな高価なもの……本当に困ります」

「当然だが、原価はもっと安い。ただし、それはいいものだ。きみの貴重なオケケを剃らせてもらったんだ。黒真珠のひと粒ぐらい安いものだ。それに比べ、きみのクリトリスは、一千万でも手に入れられない世界でたったひと粒の貴重な宝石だからな」

悪戯っぽく笑った長谷川に、春華は顔を赤らめた。

2

長谷川が入ったのは、裏で経営しているSMサロンだった。

会員制倶楽部〈妙《たえ》〉とあるドアを開けると、小さなカウンターがあった。

「いちばんいい部屋を予約しておいた。まずは喉でも潤してからだ」

ただのバーとしか思っていない春華は、ここで呑んで、どこかのホテルに行くのだろうと考えた。

「いらっしゃいませ」

肉の饅頭の左右と乳首にピアスを施されている長谷川の愛奴のマナカが、レザーのコスチューム姿でふたりを迎えた。ミニスカートから伸びたスラリとした脚は、まるでシルクに包まれているようになめらかだ。

すでに今夜のことは長谷川から電話が入っており、マナカは主人に対する挨拶を控え、客として接していた。

「ブランディをふたつ。いちばんいい奴だ」

「承知しました」

「……ここ、彼女ひとりしかいないの？　何だか変わった雰囲気ね……」

春華は長谷川の耳元でそっと尋ねた。

「奥にいい部屋がある。一杯呑んだら入ろう」

「予約した部屋ってここのこと……？」

「ああ、きみと僕にぴったりの部屋だ。防音してあるから、外に声は洩れない。どんな、ないしょ話でもできる」

ないしょ話と言われ、春華は落胆した。そんな自分に気づき、どこまで貪欲に長谷川の躰を求めているのだろうと愕然とした。

　ストレートのブランディは喉を熱くした。

「黒真珠、よく似合う」

「夢みたいだわ……でも、こんな高価なネックレスを、安物の服の上につけてアンバランスもいいところね」

「明日はブランドものの服でも買いに行くか」

　春華は長谷川が頼もしく思えてきた。財産の有無によって心を左右されることはなかった。だが、セックスのテクニックに長けていて、何不自由ない資産もあるとなると、ゆったりと身を任せられる気がする。

（この人は妻がいることもはっきり告白したわ。その上で、たまにつき合うのはいやかと、はっきり言ってくれたわ。そんなつき合いもいいかもしれないわね。あの人のように、私を裏切ることもないんだもの……最初から、いつか別れるかもしれないとわかっていれば、その方が気楽ね……）

　春華は唇をゆるめた。

「楽しいか」

「えっ？　ええ……とっても」

「それはよかった。奥の部屋でふたりきりで話でもしよう」

ブランディグラスが空になったとき、長谷川は春華を促した。

「想像できないだろうが、ここにはいくつかの部屋があるんだ。満室のときもある」

長谷川の後から奥まった所にある部屋に入った春華は、息を呑んで目を見張った。

「きみとなら、こういう部屋で楽しめると思ってね」

チェーンブロックもついている八畳ほどのプレイルームだ。春華が初めて見る、いかがわしい道具の並べられた棚もあった。

「外に声は洩れない。たとえ洩れたって、その種の連中が来るんだ。気にしやしない」

春華は硬直している。こういうSM専用のプレイルームで責められたことがないのはわかっている。宇津木医院の特別室も同じようなものかもしれないが、いくら宇津木の好みでも、病室と名がついているだけに、間違っても磔台《はりつけだい》などは置いておくことができない。ここには手足枷のついたベッドや、X台などから、鞭や医療器具まで揃っている。

「どうした、きみは普通のホテルより、こういうところで楽しむ方が好きだろう？」

春華の胸は大きく喘いだ。血管がドクドクと音をたてていた。

「服、脱ぐか？　このままでも面白そうだ。だけど、皺が寄っちゃ、帰りがまずいからな」

長谷川は襟刳《えりぐ》りの広く開いたモスグリーンのワンピースのファスナーに手をかけた。

「私……こんなところいや……こんなところ、いやよ」

春華は大きく頭《かぶり》を振った。

「ひょっとして、プレイルームは初めてなのか。何度か経験があるのかと思ったんだがな。手を括らせてくれたし、オケケもわりとおとなしく剃らせてくれたし」

ファスナーを一気に下ろすと、春華の喉がゴクリと鳴った。

「だめ……こんなところいや……」

「恐いのか。この部屋でプレイすれば、きみは、いつもよりずっと濡れるはずだ。同じ趣味を持った者同士、うんと楽しめばいい。そう思わないか。それに、いやだと言っても、せっかくここまで来たんだ。楽しみが終わるまで、この部屋から出すつもりはない」

未知への不安と期待が、春華の胸で渦巻いていた。長谷川となら、このおどろおどろしい部屋で楽しんでみてもいいという気持ちもあるが、自分も気づかなかった本性が露わになるようで怖かった。

長谷川がワンピースを肩から落とした。

「いや……」

「うん？　シテか。シテと聞こえたぞ」

長谷川は唇を塞いで舌を差し入れた。春華は不安を消すために、長谷川の舌を貪った。鼻から湿った熱い息が噴きこぼれた。

長谷川はベージュ色のスリップとブラジャーを外したが、ハイレグショーツはそのままにした。

「さあ、何を使ってほしい？　本当はＳＭプレイの経験ぐらいあるんだろう？」

春華は激しく首を振り立てた。

「きょうが初体験なら嬉しい限りだ。初めてというんじゃ、好きなものを尋ねても無理だな」

赤いロープを手にした長谷川は、またたくまに春華の両手首を前手縛りにした。縄と縄は十文字に交わっている。

ここまでは、春華もさほど動揺しなかった。だが、長谷川は余ったロープを天井の滑車にまわし、グイと引き上げた。

「あ……」

春華の腕はあっというまに頭上に引き上げられ、万歳をした格好になった。ロープはさらに引き上げられ、ようやく床に足指が届くところで留められた。

「いやっ！　放して！」

「本当にこういうのは初めてみたいだな。躰が疼くだろう？」

「こんなのいや！」

「ふふ、うんと感じるぞ」

長谷川の指が、ふたつの乳首の先を軽くつついた。

「あう」

春華は顎と胸を突き出した。

「なんだ、もう乳首が勃ってきた」

長谷川は棚の羽根を取って乳首をくすぐり、首筋や背中にも触れていった。

「ああう、いや……いや」

やさしすぎる羽根は、無抵抗な躰には残酷な触手でしかなかった。

「くっ！　ああう……いやっ！　あっ……」

いったん肌を離れた羽根が近づいてくるだけで皮膚が粟立ち、声が洩れた。

長谷川がショーツ越しに肉の饅頭のあわいを探った。

「湿ってるな」

ふたたび羽根が動きはじめた。

「いやっ！　それはいやっ！　やめて！」

肉のマメがトクトクと脈打っていた。

「やめてどうしたい？」

「入れて」

「堪え性のない女だ。たった五分で入れてか。ちょっとお仕置きをしないとまずいか」

黒い六条鞭を持った長谷川は、まず床を思いきり打ち叩いた。春華の皮膚が粟立った。

「先生のようなスキモノは、女というよりメスと言った方がいいかな。動物を躾《しつけ》るときみたいに、鞭も必要かもしれないな」

長谷川は手加減して背中に鞭を放った。

「ヒッ！」

生まれて初めての鞭の一撃に、春華は恐怖のあまり小水を洩らしていた。ショーツを濡らした聖水が内腿を伝い、足指から床へとしたたっていった。

「ほう、先生のお洩らしか」

長谷川はわざとらしく驚いてみせた。

春華の唇が屈辱にわなないていた。

「オシッコ臭いショーツは処分するぞ」

長谷川はバタフライナイフを、春華の目の前でちらつかせた。春華が悲鳴を上げた。

ショーツの端を持ち上げた長谷川は、腰から腿に向かってナイフを入れた。二重底も切って、濡れたショーツを落とした。

「オケケはここで剃ればよかった。失敗したな。背中、痛くなんかないだろう？　ほんのお遊びの鞭だ。先生は頭がいいからわかるだろうが、こいつは先が六本に分かれている。同じ力で打ち下ろしても、肌に当たるときは一本鞭の六分の一の力に分散される」

「解いて、もういや。解いて！」

「これからじゃないか。鞭と羽根と交互にくれてやる」

長谷川はゆったりと笑った。

3

ノーパンで長谷川とホテルに戻った春華は、全身が熱っぽかった。破廉恥な責めの数々に声を上げたが、それ以上の恍惚感に頭がぼんやりとしていた。

（どうしたっていうの……あんな破廉恥なことをされて気持ちよくなるなんて…………）

疲れ切っていたが、躰の芯まで心地よく、それでいて切なかった。春華は不可思議な感覚に包まれていた。

ソファでぼんやりしていると、長谷川が風呂に湯を張り、春華に入浴を促した。プレイルームにはシャワー室はあったが、ゆったりと湯に浸《つ》かりたい気分だった。

春華は浴室に入った。長谷川もすぐにやってきた。

「やっぱりきみはマゾの資質があるな。最高だった。セックスなんかしなくても、きみの顔を見たり、いい声を聞いたりしているだけで射精しそうになった。きみは何十回もイッたみたいだな。女は幸せだ」

そう言われて初めて、春華は挿入行為をしていないのに気づいた。

プレイルームで立ったまま拘束されていた春華は、鞭と刷毛で徹底的にいたぶられた。それだけで何度も気をやった。女壺には指やバイブを入れられてこねまわされた。鈍く振動する楕円《だえん》形のローターで、肉のマメを焦らすように玩ばれた。春華は聖水を洩らした屈辱も忘れ、快感にたゆたい、ロープを揺らし続けた。

気をやりすぎてぐったりしたとき、ようやく立った姿勢から解放された。だが、四つん這いにされて、三度も浣腸を繰り返され、腸がきれいになったところで、ベッドに仰向けにされ、開脚縛りにされた。尻はシーツから浮き上がった格好で、ベッドの足元に取り付けてあるポールの左右に固定されたのだ。

今度は女園ではなく、後ろのすぼまりへの責めが待っていた……。

「宇津木医院勤務と言ってたな」

「言ってないわ……」

春華は喉を鳴らした。

「最初の夜、酔ったきみがさかんにそう言ってたぞ。人間ドックに入れば、私が担当で徹底的に面倒見ますって」

春華には覚えのない言葉だった。

「きみが担当なら診てもらおうかな。宇津木医院といえば有名だしな。きみを指名した予約をしていいか」

「だめ！」

慌てている春華に、長谷川がクッと笑いながら浴室を出ていった。

春華は二度と戻るつもりのなかった宇津木医院のことを考えた。無断で辞めてしまえば、医師会での宇津木の力が強いだけに、再就職は困難になるかもしれない。力になってくれると信じていた清水も、もう春華の元には戻って来ないだろう。

（どうしたらいいの……）

休暇明けのことを考えてぼんやりしてしまっていた春華を、バスローブを羽織った長谷川が迎えに来た。

「きみはエクスタシーの疲れで眠りたいだけかもしれないが、僕はイッていない。だから、やっぱり抱きたくなった。眠りたきゃ寝るといい。僕は勝手にさせてもらう」

ベッドに押し倒された春華は、起きあがろうともがいた。

「最初会ったとき、きみがベッドでこんなに可愛くなるとは思わなかった。恋人がいなきゃ、誰かの愛人かな。きみに目をつけない医者はいないだろうしな。ドクターは元気でいやらしいのが多いからな」

長谷川に唇を奪われると、春華は抗う力をなくした。

「恥ずかしいことをして下さいと言いたいんじゃないのか。言ったら、擦り切れるほど後ろを舐めまわしてやる」

「いや……」

「またシテと言ったな。唇がシテとしか動かないんだ」

長谷川が春華をひっくり返して腰を持ち上げた。すぼまりはひくついていた。翳りのない肉饅頭の内側で、秘口は、また新たな透明液を滲ませていた。

「後ろに入れてみたくなる。締まってて気持ちよさそうだ」

「だめ！」

春華が尻を振った。

「入れやしない。心配するな」

宇津木から、春華の後ろの処女をやる男は決まっていると言われている以上、強引に散らすわけにはいかない。それがプレイ仲間のルールというものだ。

長谷川が後ろを舐めまわしながら、秘園もいじりまわした。

「くううぅっ……」

、い、い、8の字筋で繋がっている秘口と後ろのすぼまりが、同時にひくついている。

「気持ちいいならいいと言ってみろ」

「ああう……いい……はああ」

春華がすすり泣くような声を上げた。

「いやらしい女医さんだ。下の口がお××コ大好きですと言ってるぞ」

長谷川はときどき顔を離し、言葉で嬲った。

「私は破廉恥な女だわ……こんな格好にされて気持ちがいいなんて……くううっ……いい……おかしくなる……またおかしくなるわ……イキそう」

「今度は本物の太い奴でイッてもらうぞ」

長谷川は春華を犬の格好をさせたまま、ぬらつく秘口に、ようやく肉杭を打ち込んだ。

「んんっ……」

春華の顎が突き出され、細い喉が伸びた。

「オ××コ大好きですと言ったらどうだ。言わないと抜くぞ」

奥まで肉茎を沈めた長谷川は、そのまま動かなかった。

「ああ……オ××コ大好き……いやらしい女なの……私はこれが大好きな女なの」

「これが好きならうんとしてやるさ。正直な女は好きだ。腹いっぱい食え」

「あうっ！」

剛棒を引き出してグイッと沈めると、春華はつんのめりそうになった。
四、五回深い抜き差しをした長谷川は、剛棒を抜いて春華を仰向けにした。
「いやらしいジュースのついたこいつをしゃぶるんだ。きれいにしたらオ××コに入れてやる」

顔を跨いで、唇のあわいに、ぬめりのついた肉茎を押し込んだ。

「ぐ……」

小鼻をふくらませた春華が、舌を動かして側面の蜜を舐め取った。

「よし、今度は前からだ」

正常位で秘口を貫き、腰を数度動かした。動かしては抜いて、側面の蜜をねぶらせる。そうやって二十分ばかり繰り返した後、長谷川はラストスパートに入った。

「イクわ……イク……ああっ！」

女壺の激しい収縮に、長谷川も白濁液を噴きこぼした。

4

春華は食欲がなかった。休暇はきょうまでだ。これからの生活を考えると、働かないわけにはいかない。しかし、自分を辱《はずかし》めるために雇ったとしか思えないような宇津木院長の元に帰るつもりはなかった。それなら、どこへ行けばいいのか……。

「今朝《けさ》もあんなに楽しんだというのに、浮かぬ顔をしてるな。明日からの仕事が憂鬱《ゆううつ》なのか。医者はストレスが溜まるだろうからな」

たまにホテルを出るものの、ほとんどの時間を春華とともに過ごした長谷川は、春華の部屋で朝食を摂っていた。三日目から、春華の承諾を得て、長谷川が自分の部屋を引き払い、この部屋に移っている。

「今夜からきみがいないと思うと、僕もがっかりだ。少し食べろ。コーヒーだけじゃ、躰に悪いぞ。アブノーマルなプレイは体力も使うからな。エネルギーを補給して帰った方がいい」

「ねえ……あなたのお店に私を雇ってくれないかしら……」

「うん？　馬鹿なことを言うな……いや、冗談なんだろう？　きみが、そんなまじめな顔をして冗談を言うなんて思わなかった」

長谷川が笑った。

「本気よ。病院には戻りたくないの」

「優秀な医者が宝石屋の店員になるってわけか。冗談はあとにして、少し食べろ」

「本気よ。あなたにはお金があるわ……もし私のことが気に入ったのなら……愛人にしてもらってもいいの」

かつてはそんなことを考えたこともなかった。だが、宇津木院長に横槍《よこやり》を入れられ、まともに医者を続けられないのなら、女としてそういう道もあるのだ。これまで侮蔑《ぶべつ》していた女の生き方を、春華は選ぼうとしていた。

「そんなまじめな顔をしていながら、次々と冗談が言えるとは意外だな」

長谷川は相手にしていないふりをした。

春華が宇津木と関係ない女なら、この場ですぐに愛人契約は成立だ。とびきり美人の女医が愛人なら不服はない。まだ二十五歳。これから磨けば、いくらでも自分好みの女に育てられる。ついこのあいだまでアブノーマルなプレイもしたことがなかったというだけに反応も早く、調教の楽しみは大きい。

「ね、本気で言ってるの。私には医者が向いてないとわかったの。奥様がいるのは聞いたわ。だから、愛人でいいの」

春華は何とか長谷川に助けてもらいたかった。たったひと月足らずで自分を捨てた清水の心変わりが信じられずに恨《うら》んでいたが、春華はわずか一週間で、長谷川に不思議な魅力を感じていた。医師会で力のある宇津木に逆らえば、今後、何をするにも横槍が入るだろう。医者としての未来が閉ざされるなら、このまま長谷川の愛人として暮らしたかった。

「女医さんに急に愛人と言われてもな」

そう言ったものの、急に長谷川は、宇津木から春華を買い受けたいと思うようになった。

(院長の奴、これだけの女だ。いくら吹っかけてくるかな……いや、吹っかけられるぐらいならいいが、手放さないと言われたらそれまでだ。安くて五千万円か……美形で感度のいい女医だ。億かもな。ともかく、独《ひと》り占めできないのはわかっているが……)

金で解決できるのなら、何とか工面する自信はある。

「冗談か本気かわからないが、ともかく考えておこう。だから、ちゃんと食え」

春華はスープだけ飲んだ。

十時ちょうど、電話が入った。ここに電話してくるのは清水しかいないと春華は身構えた。

だが、意外にも、宇津木のお抱え運転手、佐久間だった。

「起こしてしまいましたか？　よろしかったでしょうか。ごゆっくりできましたか？」

「ええ……あなたがどうして……？」

「お迎えに上がりました。ホテルに着いております。でも、まだ東京で時間を潰されたいのなら、ご自由に車を使って下さい。どこへなりともおつき合いいたします。このまま、お待ちしていてもかまいません。院長が、明日からの仕事もあるし、遅くとも夕方までには戻ってほしいとおっしゃっています」

帰って、と言おうとした春華は、佐久間にとっては、たんに院長から言いつけられた仕事でしかないのだと思い直した。このまま春華が戻らないと言えば、佐久間は冷酷に馘首《かくしゅ》されるのだろうか。

（人のことなんて……今は自分のことの方が大切だわ……一生のことだもの）

ひとときだけ佐久間を思いやったが、春華はすぐに自分の将来を考えた。

「彼氏か、はたまたパトロンか」

長谷川がおどけたように言った。

「迎えの運転手……院長が自分の車を寄越したの。困るわ……戻るつもりはないのに」

春華は受話器を押さえて言った。

長谷川は春華の横にやってきて、受話器を取った。

「もしもし、春華の伯父《おじ》です。姪《めい》ともう少し話したいことがありますから、一時間ばかり待っていただけますか。わざわざ迎えに来てもらって恐縮していると、姪が言っています」

電話を切った長谷川に、春華は唖然とした。

「戻るつもりはないの」

「ドクターにも出社拒否があるとはな」

「医者は辞めるの。あなたの愛人にして」

「愛人になりたいなら、病院に戻って女医の勤めを果たすことだな。女医なら愛人のことを考えてもいい。ただの女には魅力はない」

「女医だから私を抱いたって言うの……？」

春華の唇が震えた。

「女医であろうとなかろうと抱いたさ。だけど、隠居する歳でもあるまいし、その若さで愛人稼業だけと言われると、残念ながら、せっかくの魅力が半減するな」

「あなたには何もわかってないのよ。医者になりたくて頑張ってきた私が、辞めると言わなければならない意味も辛さも」

「じゃあ、話してみろ」

何度も唾《つば》を呑み込んだ春華は、宇津木医院での屈辱の日々をおおまかに語った。口にするだけでおぞましかった。しかし、長谷川は取り調べの刑事のように春華に事細かな尋問をし、追い詰めていき、より屈辱的なことを語らせていった。

「もういや……これ以上話したくないわ……わかったでしょう？」

喘いでいる春華と裏腹に、長谷川は唇をゆるめた。

「きみはアブノーマルを好む被虐的な女じゃないか。いかにも被害者のように喋ってるが、僕とのプレイを存分に楽しんだきみを知ってるだけに、その話が本当だとしたら、勤務先で快感を貪っているとしか思えないな」

怒りや虚しさに、春華の全身が震えそうになった。

「辱められて濡れたんだろう？　たった今だって、破廉恥なことを話すのが快感で、ぐっしょり濡れたはずだ」

「そんなことないわ！」

「そうかな」

強引に春華をベッドに引っ張っていった長谷川は、抵抗する春華を押さえ込んでショーツの中に手を入れ、柔肉のあわいを探った。

「見ろ。こんなに濡れてるじゃないか。思ったとおりだ」

「嘘……嘘……嘘よ」

自分の躰に何が起きているのか、医者である春華にもわからなかった。

5

宇津木医院に戻った春華を、院長が迎えた。

「部屋は気に入ってもらえたかな。楽しんできたか」

宇津木の意味ありげな笑いに、春華は目を逸らした。

女を落とすのに長けている長谷川に春華のことを頼んだだけに、何もかもうまくいったと思っていた宇津木だったが、予想外だったのは、長谷川が春華を愛人にしたいと申し出てきたことだ。

何人も愛人がいる長谷川だが、やはり春華は手放すには惜しい極上の女ということだろう。処女地のアヌスも自分が散らしたいと、長谷川は言った。後ろの処女は、後輩で悪友の奥原にやる約束をしていたので無理だと断ったが、直接、奥原と電話で交渉した長谷川が、破格の値段をつけて、その権利を譲り受けてしまった。そして、春華をときどき自由にする権利も、まとまった金を宇津木に渡すことで決着した。

「帰ってきたばかりで申し訳ないが、今夜からさっそく働いてもらうことになった。明日からのつもりだったんだが、一時間ばかり前、おまえを指定したドック希望の客から電話があった」

宇津木にとって、病院にやって来るのは患者ではなく、あくまでも客だ。

「長谷川とかいう宝石商で、最高の部屋で今夜から検査を受けたいということだ。おまえにそんな金持ちの実業家の知り合いがいるとは思わなかった。しっかりサービスしろよ」

宇津木医院に戻ってきた虚しさの中で、春華に光明が射した。

「一泊されるんですか……？」

「おまえのことが気に入れば、四、五日ぐらいいるかもしれないな。どんなサービスをすればいいか、わかるな？」

春華は目を伏せた。

「引き続き、おまえには特別室を自分の部屋として使ってもらう。風呂に入ってさっぱりしたら、客が来るまで休んでおくんだな」

今夜、長谷川や宇津木の間でどんなことが計画されているのか、春華は知る由もなかった。今夕方、長谷川は自分のベンツを運転してやってきた。林ビューティクリニックの院長もいっしょだった。林は長谷川のサロンをよく利用する。宇津木とも無二の親友だ。いっしょにプレイすることは珍しくない。

院長室に呼ばれた春華は、長谷川と目を合わせただけで躰が熱くなるのがわかって慌てた。

「よろしく」

長谷川は落ち着いていた。

「こちら、林先生だ。ひょっとして知っているかもしれないが」

「美容外科の林先生ですね……テレビで何度も拝見して、存じております」

面識はなかったが院長に紹介されるまでもなく、春華にはすぐにわかった。

「今夜、うちにお呼びしたのは、手伝ってもらうことがあるからなんだ。まあ、それは特別室に行けばわかる」

「あの……林先生もドックのお手伝いを？」

なぜ美容外科の医師がドックにつき合うのだと、春華は怪訝な顔をした。

「彼女にとって、今回が初めてのここでの仕事になるんです。まだ、ドックの内容が、よくつかめていないようで」

宇津木は軽く笑った。

「じゃあ、さっそく特別室にご案内いたします」

婦長の洋子が一同を促した。

6

「ほう、なかなか豪華な部屋ですね」

　これまで何度か、この特別室を利用したことがある長谷川だが、春華の手前、初めてだという顔で部屋を見まわした。

「お風呂のお湯は張ってあります。汗をお流しになったら、検査服に着替えてきて下さい。脱衣所に用意してございます」

　洋子がてきぱきと命じた。

　さっぱりした顔で出てきた長谷川は、バスローブに似た簡易服を羽織っていた。

「では、みなさん、よろしくお願いします」

　長谷川の言葉のあと、

「先生、内診台に上がっていただけます？」

　春華に向かって、洋子が無表情に言った。

「えっ？」

「僕の愛人になるなら、ぜひラビアピアスをしてもらいたいと思って、一流の林先生に頼み込んで、わざわざここまで同行してもらったんじゃないか」

「恋人がいると思っていたら、東京で知り合ったばかりの実業家の愛人を希望したとは、私も驚いたが、まあ、人それぞれだからな」

長谷川と宇津木の言葉に、春華はパニックになった。まだ事態が呑み込めなかった。

「お忙しい林先生をお待たせしたら失礼です。下穿きを取って内診台にお願いします」

また洋子が促した。

「いやっ！」

「愛人にしてくれと言ったじゃないか。僕の愛人になるには、ラビアピアスは不可欠だ」

「いやあ！」

逃げようとする春華を、長谷川と宇津木が力ずくで裸にした。

「なんだ、オケケがないじゃないか……」

「剃ってくれと言われたもので、それに、ラビアに穴をあけるときは、どうせ剃毛するんでしょう？」

呆れている宇津木の顔を見て、長谷川が笑った。

奥の内診台に載せ、手脚を革ベルトで固定すると、春華は喉が裂けるような声を上げた。

「今どき、ラビアピアスなんて珍しいことじゃないですよ。私は何人もの施術をしてきましたし、すぐに終わりますから」

嗜虐の血を滾らせている林だが、落ち着き払った口調で言いながら、大きく広げられた春華の秘部をじっくりと観察した。

「細菌に感染しないうちに、大事をとって、中も洗っておこう」

適当なことを言い、ただ趣味のために女壺にクスコを入れて奥まで眺めた林は、消毒液で中を洗ったあと、陰部の消毒を施した。

翳りをなくしている躰を内診台に載せられただけでも屈辱だというのに、周囲には林だけでなく、宇津木と長谷川と洋子がいた。もしかして、長谷川が宇津木と組んでいるのではないかとも思ったが、確証はない。何を考えていいか、春華にはそれすらわからなくなっていた。

「左のラビアにお願いします。そのうち、右にもお願いしますから」

長谷川の声がした。

手術用手袋をした宇津木が、林の邪魔にならないように肉の饅頭を左右に精いっぱいくつろげた。二枚の花びらが泣いているような表情をつくった。

ピアスをする部分に印がつけられた。冷たい感触に春華はそそけだった。

「すぐに終わるから力を抜いて。力を入れているとどうなるか、先生には説明するまでもないですね？」

穴をあけるニードルに抗生物質をつけた林が、左の花びらを一気に貫いた。

「ヒッ！」

春華の躰が凍った。洋子の渡した消毒済みのステンレスのリングを、林は手際よく穴に通した。

「まあ、朝比奈先生ったら、内診台の上でラブジュースをしたたらせてらっしゃるわ。よほど林先生の施術が気持ちよかったのね」

洋子が皮肉たっぷりに言った。

「四日から一週間で完治するまで、毎日消毒してもらいたい」

「私が責任を持ってやっておきましょう」

宇津木が医者の口調で言った。

「これで愛人契約成立だ。とても嬉しい。だけど、優秀なここの女医とあっては、週に一度会えるといい方かな」

革ベルトを外されても内診台で放心している春華を、長谷川が起こし、抱き下ろした。

「院長、正直言って、僕はあっちの方はアブノーマルでしてね。彼女もどうもそのようですが、まだ後ろの経験がないようで、僕はどうしてもそっちの処女をいただきたいんです」

ぼんやりしていた春華がハッとして我に返った。

「アナルセックスか。いきなりじゃ怪我をするかもしれないから、それはまずい。それに、セックスは本来、前でするものだ」

すでに長谷川と打ち合わせしてあることとはいえ、宇津木は困惑を装った口調で言った。

「初体験で怪我をさせたらまずいから、最初はここでしたいんですよ。万が一の場合、治療していただけますからね。大切な愛人ですから」

「しかしなあ」

「案外、彼女の後ろは柔らかいんです。後ろを触ると悦んでくれますし、乱暴にしなければ大丈夫と思います」

「ラビアピアスのついでだ、つき合うか」

「私もつき合いましょう」

宇津木と林の言葉に、春華はちぎれるほど首を振りたくった。

「きみの最後の処女を他の男に取られたくないんだ。時間をかけてじっくりやろう」

「いや。いやっ！」

「アナルセックスは不潔になるといけない。腸はきれいにしておくのが賢明だ。長谷川さんは後ろを試した経験がおありのようだ。このまま始めるわけじゃないでしょうね？」

「もちろんです。徹底的に浣腸をして、そのまま入れてもいいほどきれいにしてからです。むろん、ゴムはつけてやりますが。まず、市販の五十パーセントグリセリン溶液で洗い、次は、何回か、ぬるま湯で徹底的に洗います」

「ほう、まるで医者のようだな」

春華を玩ぶための会話だった。

「婦長、大きい方のイチジクと、二百ccのガラス浣腸器を用意してやりなさい」

「いやあ！」

春華はまたも逃げようとした。

「ラビアに傷がつくじゃないか。激しい動きはだめだ。医者なら、治療の後のことぐらいわかるはずだ」

林の言葉に、春華はギョッとして下腹部に視線をやった。

「大切なラビアなら、大事にすることだ。傷が完治するまでは、走ったり脚を組んだりして、ラビア同士が擦れたりしないように注意することだ」

「他の人は出ていって。ね、出ていってもらって。ふたりだけでいいはずよ。ね？」

春華には宇津木たちの視線が耐えがたかった。

「今回のドックの担当医師は朝比奈先生でとお願いしたわけですから、これから先は先生にじっくりお願いしましょうか」

　どうせこの部屋の情景は盗撮され、別室のモニターに映るようになっている。春華には知らされていないが、覗きも趣があると、プレイ仲間の間では好評だ。

「初めての担当なもので、長谷川さんに失礼があってはいかがなものかと、院長としても心配でしてね。それに、これからの行為でうちの大事な女医が怪我をしないかと、それも心配でして」

「何かあったら、すぐにお呼びします」

「では、浣腸の用意もできたようですから、これで失礼しますよ」

「林先生、わざわざありがとうございました。いずれ、改めてお礼に伺いますから」

「いや、正規の施術費だけでけっこうです。では、朝比奈先生、今は無茶をしないこと。一週間ほどはラビアの消毒をマメにお願いしますよ。上京の折は連絡して下さい。いっしょに美味しいものでも食べましょう」

　長谷川とふたりきりになった春華は、数秒して、ドアのノブをまわしてみた。だが、開かなかった。

「今夜は後ろの処女、いただけるな」

「いや」

「四つん這いになれ。浣腸だ」

「いや！」

「そうか、院長たちを呼んで手伝ってもらうしかないのか」

「やめてっ！」

連絡用のスイッチを押そうとした長谷川を、春華は慌てて遮った。

「じゃあ、ベッドに躰を預けて尻を突き出すんだ。膝はひらけ、ラビアピアスがよく見えるようにな。僕の愛人を希望したからには、それなりの覚悟はしていたんだろう？　一週間もいっしょに過ごして、半端じゃないことはわかっていたはずだ。そして、きみ自身、破廉恥なことをされるほど濡れる女だってことはわかってるはずだ」

春華は否定しようと首を振った。長谷川が顎をしゃくった。春華はやむなく、上体をベッドに預けて尻を突き出した。

「形のいい尻だ。そのうち、この尻にバラの刺青《いれずみ》でもしてみたい」

長谷川はイチジクの先をひくつくすぼまりに突き刺した。

何度も宇津木に浣腸されている春華でも、グリセリンの威力には我慢できなかった。

最初の排泄の後、ぬるま湯の浣腸がはじまった。

「くううう……」

「感じてるんだろう？　たっぷりしてやるから楽しめ。何度でも繰り返してやるぞ」

千ccほど浣腸されたとき、春華のラビアピアスは蜜でヌルヌルになっていた。

風呂で全身を洗われた春華は、ラビアピアスの傷を消毒され、贅沢なベッドに引き戻された。

「今夜は、記念すべきふたりの新婚初夜だな。こんないい部屋で、きみとの初夜を迎えられるのは幸せだ。おっと、きみというのも野暮か。人前では先生だろうが、ふたりのときは主人と、主人に隷属する女だ。対等とは思っちゃいまい？」

「やさしくして……辱めないで……あの人たちの前で辱めないで……ここから連れ出して」

春華は長谷川にすがりついた。

「おまえは辱められないと感じない女なんだ。いくら口でいやだと言っても、躰は正直にこたえてくれる。ラビアピアスをしたときも、婦長が言ったように、したたるほどびっしょり濡れてたんだからな。浣腸されたときもな。仰向けになれ。後ろの処女を失うときのおまえの顔を見ていたい」

すぼまりにワセリンをつけて、菊口の内側まで入念なマッサージをはじめた長谷川に、春華は顎を突き出して口をあけ、甘やかな声を洩らした。

指ですぼまりをじっくりと愛撫した長谷川は、拡張棒を使って、徐々に菊口を広げていった。三十分以上の丁寧なほぐしが続いた。

春華はおののきながらも、小水のような蜜を溢れさせていた。会陰を流れ、すぼまりに辿り着く蜜液が、長谷川の動かす拡張棒の抽送を、よりスムーズにした。

「こんなに愛情込めてマッサージする奴はなかなかいないぞ。よし、もう大丈夫だ。リラックスして息を吐け」

「いや。恐い……」

長谷川の剛直が、ゆっくりと処女地に押し込まれていった。

「どうだ、後ろを犯される気持ちは。おまえはノーマルなセックスでは満足しない躰だ。感じすぎて恐いんだろう？」

「くううっ……あなたのものにして……私を辱めて」

根元まで剛直が沈んだとき、春華はこれまでに体験したことがない深く妖しいエクスタシーに包まれていた。

この作品は二〇〇一年三月日本出版社より刊行されたものです。

女医《じょい》

藍川京《あいかわきょう》

平成23年8月5日　初版発行

発行人――石原正康
編集人――永島賞二
発行所――株式会社幻冬舎
〒151-0051東京都渋谷区千駄ヶ谷4-9-7
電話　03(5411)6222(営業)
　　　03(5411)6211(編集)
振替00120-8-767643
印刷・製本―図書印刷株式会社
装丁者――高橋雅之

幻冬舎アウトロー文庫

ISBN978-4-344-41732-8　C0193　O-39-24